劉永濟 著

文學論

貴州出版集團
貴州人民出版社

圖書在版編目（CIP）數據

文學論 / 劉永濟著 . -- 貴陽 : 貴州人民出版社 ,
2024. 9. -- ISBN 978-7-221-18618-8

Ⅰ . I0

中國國家版本館 CIP 數據核字第 2024ZJ6547 號

文學論

劉永濟　著

出 版 人　朱文迅
責任編輯　馬文博
裝幀設計　采薇閣
責任印製　衆信科技

出版發行　貴州出版集團　貴州人民出版社
地　　址　貴陽市觀山湖區中天會展城會展東路 SOHO 辦公區 A 座
印　　刷　三河市金兆印刷裝訂有限公司
版　　次　2024 年 9 月第 1 版
印　　次　2024 年 9 月第 1 次印刷
開　　本　710 毫米 ×1000 毫米 1/16
印　　張　18.5
字　　數　111 千字
書　　號　ISBN 978-7-221-18618-8
定　　價　88.00 元

出版説明

《近代學術著作叢刊》選取近代學人學術著作共九十種，編例如次：

一、本叢刊遴選之近代學人均屬于晚清民國時期，卒于一九一二年以後，一九七五年之前。

二、本叢刊遴選之近代學術著作涵蓋哲學、語言文字學、文學、史學、政治學、社會學、目録學、藝術學、法學、生物學、建築學、地理學等，在相關學術領域均具有代表性，在學術研究方法上體現了新舊交融的時代特色。

三、本叢刊遴選之近代學術著作的文獻形態包括傳統古籍與現代排印本，爲避免重新排印時出錯，本叢刊據原本原貌影印出版。原書字體字號、排版格式均未作大的改變，原書之序跋、附注皆予保留。

四、本叢刊爲每種著作編排現代目録，保留原書頁碼。

五、少數學術著作原書内容有些許破損之處，编者以不改變版本内容爲前提，稍加修補，難以修復之處保留原貌。

六、原版書中個别錯訛之處，皆照原樣影印，未作修改。

由于叢刊規模較大，不足之處，懇請讀者不吝指正。

文學論 目録

附録四種

文學論

附録四種

民國十三年六月三版

文學論 附錄四種

＊定價一元

述論者 新寧劉永濟

印刷者 太平洋印刷公司 上海英租界牯嶺路餘慶里第一街

代售者 長沙太安里明德學校
上海棋盤街商務印書館
南京門帘橋樂天書局

自序

古人論文、不尙細碎。宋賢詩話、論乃稍卑、而後世謂詩亡於話。桐城文家嚴義法、而文卽弊於義法。蓋文藝之妙、規矩而外、有不可言說者存、陸士衡所謂難以辭逮也。固有師友雅談、間標精義、亦皆機緘之祕、啟自無心。深造之士、自能理契象外、悟超言表。然而詞酉興往、文約旨幽、末學膚聞、轉生曲解。固知一落蹄筌、便成糟粕、非言不足以盡義、殆義難於心通也。今人執筆、好詆前修、以矜新異、雖言或媚俗、而義已違眞、是又士衡所謂笑古人之末工、忘己事之已拙者矣。昔劉彥和有言、不述先哲之誥、無益後生之慮。今茲所述、竊取斯義、其有參稽外籍、比坿舊說者、以見翰藻之事、時地雖囿、心理玄同、未可是彼非此也。間亦自忘譾陋、妄下己意、以期引申哲誥、黜其曲解、免夫士衡之譏、而遠師彥和之意云爾。

劉勰文心雕龍總術贊

文場筆苑、有術有門。
務先大體、鑑必窮源。
乘一總萬、舉要治繁。
思無定契、理有恆存。

文學論　目錄

目錄

文學論

第一章 何爲文學

1 文化發展之概觀 二十世紀之學術甚繁、其造詣之精、或可稱爲空前、然即以爲絕後、則徒爲有識者所竊笑。因人類文化之發展、莫不由含糊而漸近明晰、由簡略而漸進圓滿、由武斷而漸趨精確。今日之明晰圓滿精確者、異日或更以爲含糊簡略武斷、亦不可知。後之視今、亦猶今之視昔也、安可以傲古人者而貽笑後人。故文化必求其發展無窮、未可畫然自止也。

歷史學者考察任何國之先民、莫不有其宗教。先民之宗教者、極含糊極簡略極武斷之事也。及既覺其含糊簡略武斷之後、始有與之分離而獨成一種之學術。哲學科學之別出於宗教、即此之故。及其後也、一哲學一科學之中、又有與之分離而獨立者。心理學論理學之別出於古代哲學而獨成一種、即其明證。蓋學術之分科愈細、則所研究者愈精、其結果亦愈確。集合無數最精之研究、最確之結果、而後宇宙間之眞理、不難見其全體窮其究竟矣。

文學之先、亦包括於宗教之中、而爲之服務。其時之人、於文學之觀念未能明晰、文學之內容亦極簡略、人之對於文學又多武斷之論、故未能脫宗教之羈絆。且文學之於宗教、其關係之密切、較之他種學術尤甚、故爲之服務亦最久。及至近世、始一洗其面目、嶄然自見於世。

宗教之所以能具若大力量、使一切學術皆籠罩其中、爲之指揮運用者、則因人類有特性、五而宗教皆能利用之、故能使其時之人滿足其所要求而不疑也。

所謂人類之特性五者、

一、起疑　草昧之世、人類之知識甚淺。耳目所接、自然界中一切變幻、如迅雷烈風、高山大川、巨蛇猛獸、皆生畏懼、而起驚疑。宗教遂利用此心理、設種種神物、令其崇拜、以安其疑慮、而冀免災難。

二、求眞　人類又見一切死生成毀之無常、因思必有常存不滅者在。於是欲發見此常存不滅之眞物、而後滿足其欲望。宗教家亦具此心理、思而不得、遂以爲物外有神、其力無量、非人之思慮可得計較、唯此神爲常存、而非生滅。即哲學家亦多認有神、可知宗教之主有神、未必志在愚民也。

三、**感樂** 人生有情、莫不知感。天時人事、水態山容、花飛鳥語、融和暢適之時、即感而愉快。愉快之至、即莫不思有以表現。故刻畫之事、上古已有粗型。謳歌抃舞、尤爲文學之初步。宗教之雕塑神像、讚美神祈、即由於此。他如宏壯之建築、優美之音樂、其始無不以爲莊嚴宗教之用。在古已然、而後世尤甚。

四、**慰苦** 草昧之民、飲食艱難、危險尤多。鷙禽猛獸、惡蟲巨蛇、以及異族之殘殺、病痛之侵害、無在不足以生其苦情。苦不能勝、則呼籲呻吟以求解脫。宗教遂設物外有神、可以拯苦救災、而安慰不幸之人、於是祈禱之事以興。

五、**解紛** 人類羣居、不免爭鬬。草昧之世、飲食男女、皆所必爭。爭而不息、則起禍亂。勢非規定法則、彼此遵守、不足以息忿平爭。而此法則必規定於超乎人類者之手、始足以生其敬畏之心。宗教於是以神道設教、蓋出一時權宜之計。故宗教必有教律、教律必尊之如神。

綜上所論。第一第二爲哲學科學發達之胎胚。第五爲政治法律道德成立之基礎、唯第三第四最合於藝術之眞義。文學亦藝術之一。故文學卽由此而生、但完全發達之文學、非但不捨求眞解紛之事於不顧、且更可以見眞理而免忿爭。因文學以能了悟一切人情物態、而復具判斷之力者、爲最完滿也、以能增高情感、納於溫柔敦厚之中者、爲最優美也。然則一切學術、源頭莫不相同、而歸宿亦當無異。特其取徑有別、中似異趣、實非背馳。儻觀察或有未明、遂不免橫生異議矣。

其取徑不能不別者、亦自然之法則。蓋非如此則不足以求精求確也。然則取徑有別、正欲便於研究、亦非故爾立異可知矣。

宇宙譬之廣大無邊之圓球、眞理則球中所藏之寶物。人之欲得寶物者、勢不能舉此廣大無邊之圓球、碎於一擊。則惟有各取一尺之面積、以累世之力、寸寸而裂之、層層而剝之。及其後也、球面之各部同時破碎、而寶物或可爲人類所公有。設未碎之時、互以其所裂之一尺、爲求寶物之正軌、豈不可笑。又設有二人於此、一由上海乘飛艇東行、一由上海乘飛艇西行、俱可行抵紐約。儻此二人未至之先、互相誹謗、適足見其不智耳。

蓋人智有限、眞理無窮、不見其全、遂各是其是、而非其非。往古學術莫不有互相詰訐之事、亦勢所不免。但處今日文化發達之世、仍爲無謂之爭、則亦愚人而已。

2 **文學成立及發達之原因** 人類往往有習爲之事、初未能知其原因性質功能界限。必習之既久、始有天資特出之人、久經思索、未能洞然、偶以他事引起其考察之趣味。於是窮一身之力、考察其原因、研究其性質。又或經無數錯誤之後、幸而了解。及其既解、又從而擴充其功能、確定其界限、其事遂成爲一種學問。此種狀況、無一種學問無之、而科學尤甚。即如人類知用火、爲時甚早、據我國古史記載、則始於燧人氏之鑽木取火。究之人類用火、尚早於此時。即依古史所說、歲月已甚悠遠。然必待卡諾 Carnot 之火之動力論及郎弗 Rumford 之熱動學、爵勒 Joule 之能力論、次第成立後、始將其原因性質、考察詳密。及原因性質大明之後、乃可擴充其功能、施於應用。今世各種機械之工作、皆受其賜、即其明證。

人類之用文字、其時亦甚早、而研究其原因性質功能界限之事、必自近世。其狀況、正同於科學。蓋近世學者、於一事一物皆思明其原因、知其性質、不肯含糊武斷故實事求是之風日盛、而哲學科學因之先後自拔於宗教。文學及其他藝術亦確然有以自見於世。歐洲之文藝復興、其明證也。

依前節所論、文學成立之原因、不出感樂與慰苦兩特性、而文學之發達、一方面卽在此兩特性之發達、一方面又在能離宗教之羈絆。此亦自然之勢、莫之爲而爲者也。至於尋常日用之文、雖未必有感樂慰苦之效、而文章詩歌必如此而極精、故謂文學之成立、不出感樂與慰苦者、除尋常日用之文而言、乃文學之最眞最確處也。文學之發達、卽發達此二特性、而其功能、亦卽對於此二特性而顯著、質言之、文學由此二特性而成、還以供此二特性之用耳。

3 **文學之兩大作用** 文學自感樂慰苦二特性發達而後、其性質功能已著明。然而感樂慰苦、亦豈易事。人事糾紛、孰苦孰樂、苦樂雜呈、安感安慰。此中自有絕大本領、非貿然而能也。所謂絕大本領者、了悟與判斷之力也。有了悟與判斷之力、而後有樂可感、有苦可慰。蓋感慰之事、屬之情感、而了悟判斷之事、屬之理性。二者迹似不同。而道無二致。理性之培養、乃文學家應有之工夫、亦卽文學家當先具之條件。必理性充實而情感濃摯、感慰之力乃至雄偉。此狄昆西 De Quincey 論文所以有屬於學識與屬於感化二義之說也。屬於學識之文、西方謂之 Literature of Knowledge 如科學歷史哲學等、吾人以之傳達學問、開展知識者是也。屬於感化之文謂之 Literature of Power 如詩歌戲曲小說散文等、吾人以之陶冶性情、激發志氣者是也。

我國學者、於此二端、討論極多。卽歷代文學之高下、亦由當時作者於此二端辨之明否而生差異。故此二端在文學爲最重。今錄梁元帝與曾文正兩家之說於後。

梁元帝金樓子立言篇曰、揚權前言、抵掌多識者謂之筆。吟咏風謠、流連哀思者謂之文。

曾文正公國藩湖南文徵序曰、人心各具自然之文、約有二端、曰理曰情。二者人人之所固有。就吾所知之理、以筆諸書而傳諸世、稱吾愛惡悲愉之情、而綴辭以達之、若剖肺肝而陳諸簡策、斯皆自然之文。

大抵學識以感化爲其英華、感化以學識爲其根本。無了悟與判斷之力、不足以感樂而慰苦。二者相需而各極其致、皆文學之最大作用也。

4 屬於感化之文之性質 自然界中、萬象森羅、而卽而可見者、不外人與物二者。人物之形象行爲者、其粗之現於外者也。其情感態度者、其精之具於內者也。常人得其形象行爲之粗者、而遺其情感態度之精者、文學家具敏銳之耳目、虛靈之心思、敦厚之性情、自能深入以得其精神、而熟悉其內容、復能旁通曲引、連類廣喩、以顯出其所得之精神、而表曝其內容。蓋耳目敏銳者、覺察必深。心思虛靈者、感召自速。性情敦厚者、哀樂俱眞。故凡可歌可泣可喜可愕之事、一入文學家之手、皆情景畢露、而人之讀其文者、亦歌泣喜愕不能自已。此陸士衡文賦所謂思涉樂其必笑、方言哀而已歎也。

故感化之文、以人情物態爲其材料。牽連錯綜、以表現之、必使人物生動、光景常新、乃爲佳製。至於分析其內容、辨別其關係、評論其是非、考究其因果、斷定其理由、皆學識之事。文學家不可無此能力、而感化文學不必卽此事、此不可不細辨而深思者也。故英國批評家安諾德 Arnold 之言、曰其文學之才者、其最大之工作乃綜合與表曝之事、非分析與發明之事。"the grand work of literary genius is a work of synthesis and exposition, not of analys's and discovery,...."

5 文學與他種學術之異同

上節所論、於文學之眞趣已具大略。今將進言文學與他種學術之同異。

一、文學與宗教

宗教與文學之關係、第一節中已可概見。其不同之處、則宗教家信仰自然、文學家讚歎自然。宗教家信仰自然爲全知全能之上帝所造、文學家自身卽造物主。時至今日、宗教家已不能牢籠文學、而文學既脫其羈絆以自見於世、則凡往日爲宗教家利用之處、今日可自用之、且可更求充分之發展。故近世研究哲學者、往往以詩人之想像、與宗教相提並論。蓋一切學術不可單憑直覺、惟詩人可以直覺所得、形諸詠歌、不受一切規例之限制。宗教之幻想景象、在哲學科學家皆吐棄之不暇、惟藝術界各支派、如文學圖畫等、與之最相關切。故文學家對於自然、一有所見、必多方以形容之、贊歎之、戀愛之、與宗教對於自然之狀態正同。其不同者、無一切迷信之教條、與崇拜之儀式耳。

二、文學與哲學　哲學以求宇宙之眞源爲事者也。所謂宇宙之眞源、在儒家或謂之天、或謂之道。在道家或謂之道、或謂之自然。皆無以名之、由人各定一名、以便討論之時指稱之也。文學家不離自然、此自然亦人定之名、與哲學家所稱實無以異。不過哲學家乃從自然之全體觀察、復努力以求解釋之。與文學家之祇闡演 interpret 其所見、以供世人之解釋者、爲不同也。故柯爾鏗女士 Calkins 著哲學史有曰、哲學之異於藝術者、藝術乃創造之事而非論證之事也。“Philosophy is distinguished from art which creates but does not reason,”

三、文學與科學　今日之科學與哲學之爭論、已有消釋之趨勢。已知無論純粹實驗家與理想家、其目的皆爲一致。從前之爭論、實以兩家之趨勢距離尙遠之故而生誤會。及其漸趨漸近、彼此互相彌補、互相輔助、而眞理之發見亦愈見其多、遂有一致之結合。但科學用力爲更苦耳。赫克爾 Haeckel 一元哲學序有批評從前兩家之誤點數語、最爲明白。其言曰、此等純粹實驗家、不見樹外之大森林、而彼等形而上學者、則僅知森林之意、竟未見樹。（見馬君武譯本）又於此書第一卷、引德國名詩人

許勒 Schiller 詰哲學家科學家之詩曰、

勿復爲仇敵、結合爲一枝。分途事求索、眞理自可知。英譯原文如下

"Does strife divide your efforts—no union bless your toil?

Will truth e'er delivered if ye your forces rend?"

既知科學家與哲學家之目的爲一致、則其與文學家之關係可知矣。不過科學家乃從一部分觀察、以求實驗自然、與哲學家微有不同。科學家之實驗自然、又與文學家之闡演自然、其用功亦不同。科學家實驗自然之時、必離我於自然、即以我爲實驗自然者之謂也。文學家闡演自然之時、必融我入自然、即我與自然爲一之謂也。見第五章論體物節

總而言之、哲學科學皆學識之事。文學家不可無學識、已甚明白。特哲學家所得之學識、以之爲解釋自然之用。科學家所得之學識、以之爲實驗自然之用。文學家所得之學識、以之爲闡演自然之用。闡演者、如蠶之吐絲、先深入而後顯出之事也。解釋者、如人解結、由難而得易、由紛而得理之事也。實驗者、不憑空論、實事求是之

謂也。文學家之於宗教、尤其相似。且能盡有宗教之長、而無其短。故文學者、極自由之學也。

6　文學之功能　第二節謂文學之功能、對於感樂與慰苦而顯著。第三節謂文學家必具了悟與判斷之能力、然後有樂可感、有苦可慰。第五節謂文學家不可無學識。總括言之、即文學家有學識、然後有了悟與判斷之能力。有了悟判斷之能力、則對於人情物態、始能見到精微之處。能見到精微之處、又能綜合而表曝之、則能使人於其所表曝之中、收感樂與慰苦之效。能收感樂與慰苦之效、則能感化人之情性、使之高尚優美。文學至於此境、已極藝術之能事矣。（參看第五章第二節）

文學雖與圖畫雕刻音樂、同爲藝術、而尤與音樂之感人爲近。二者皆時間的藝術、能將人情物態、委曲表出、故尤足感人、而音樂之感人、常於不知不覺之中、其力最大。禮記中樂記一篇、論樂之功能極詳。今節其論樂化一段於後、以備參證。樂化即音樂之感化也。

君子曰、禮樂不可斯須去身。致樂以治心、則易直子諒之心、油然生矣。易直子諒之心生、則樂、樂則安、安則久、久則天、天則神、天則不言而信、神則不怒而威、致樂之治心者也。疏曰、致、謂深致詳審；易、謂和易。直、謂正直。子、謂子愛。諒、謂誠信。言樂能感人使善心生也。向善之心生則令人和樂。樂則體安不躁。不躁則性命長久、志明行成。久而不懈、則人信之如天。人信之如天則畏之如神。如天故不言而信。如神故不怒而威。……是故樂在宗廟之中、君臣上下同聽之、則莫不和敬。在族長鄉里之中、長幼同聽之、則莫不和順。在閨門之內、父子兄弟同聽之、則莫不和親。故樂者、審一以定和、比物以飾節、節奏合以成文、所以合和父子君臣、附親萬民也。是先王立樂之方也。註曰、審一、審其人聲也。比物、謂雜金革土匏之屬也。以成文、五聲八音克諧相應和。

又英國文學批評家裴德 Walter Pater 有言曰、一切藝術皆趨近音樂。此言激動情感、勝於建立性靈的觀念也。"All art tends to become music—that is to stir emotions rather than to state intellectual ideas,"

蓋人類爲富於情感之動物、情之所至、不必定合於理、有所偏激、則傷矣。傷於偏激者、尤不可以理喻、仍宜先調和其情、使之舒暢。文學家自身卽性情敦厚者、常以他人之喜怒哀樂爲喜怒哀樂、見人之困苦如己之困苦。又能多方以讚嘆之、形容之、使常人亦可引他人之喜怒哀樂爲己之喜怒哀樂。如此、則人道純粹無汙、而世、風可至醇厚。孔子删詩多取寓美剌道疾苦之作、即此意也。鄭玄詩序及孔穎達詩正義序論此點甚佳、今節錄如下。

詩序曰、故正得失、感鬼神、莫近於詩。先王以是經夫婦、成孝敬、厚人倫、美敎化、移風俗。

詩正義序曰、夫詩論功頌德之歌、止僻防邪之訓、雖無爲而自發、乃有益於生靈。六情靜於中、百物盪於外。情緣物動、物感情遷。若政遇醇和、則歡娛被於朝野。時當慘黷、亦怨刺形於詠歌。作之者所以暢懷舒憤、聞之者足以塞違從正。發諸情性、諧於律呂。故曰感天地、動鬼神、莫近於詩。此乃詩之爲用、其利大矣。

凡此所言、皆文學之功能顯著之處、文學之原因性質愈明確、其功能亦愈擴充、文學亦愈有價値。至於表現之時、或以詩歌、或以散文、或以戲曲、或以小說、皆其採用之方法有異。至其感化情性、則一也。但詩歌戲曲小說散文之中、其功能亦各有大小。大抵戲曲小說感化之功能、較詩歌散文更爲普遍。而戲曲小說之興盛、常居詩歌散文之後、其間原因雖甚複雜、而文學之性質愈明、則文學之功能愈廣、亦自然之勢也。

以上所言、皆感化之文也。學識之文、其功能最顯著、其用途最廣大、其關係吾人生活亦最密切、自可不言而喻。

7 我國歷來文學之觀念　我國文學發源最早、周秦已稱大盛。而研究文學至魏晉以後始有專書。然皆渾含立論、無有條理、是非亦參半、不足以爲定論。如魏文帝之典論、鍾嶸之詩品、則近於批評。摯虞之文章流別、任昉之文章緣起、則近於分類。荀勖之文章叙錄、則近於文學史。而總論文體之源流、及古今文人之優劣、成一家之言者、則惟劉勰之文心雕龍最佳。

後世文人、多不能出孔門以外、或且假孔子以自重。間有受諸子及佛學之影響者、亦往往迴護其辭、未肯顯然相背。故論我國文學之觀念、先宜知孔門文學之觀念。論語一書、其言文者約舉下列各章、可見大概。

行有餘力則以學文。學而第一　馬融注曰、文者、古之遺文。疏曰、注古之遺文者、則詩書禮樂易春秋六經是也。

曾子曰、君子以文會友、以友輔仁。顏淵第十二　注曰、以文德會友。

文學、子游子夏。先進第十一　疏曰、若文章博學、則子游子夏。

博學於文、約之以禮。雍也第六疏曰、言君子若博學於先王之遺文、復用禮以自檢約、

文質彬彬、然後君子。雍也第六疏曰、言文華質樸相半彬彬然、然後爲君子也。

論語言文雖不止此、大概不出下三義。

一、先王之遺文。詩書禮樂易春秋六經。

二、文華。皆對形質樸野言。

三、文德。如諡法勤學好問曰文之類。

他如易經文言所謂修辭立其誠、繫辭所謂其辭文、又物相雜故曰文、亦不出三義之外。至於易經賁卦所謂觀乎人文以化成天下、則概指文化言之。故眞西山曰、文章二字、非止言語詞章而已。…堯之文思、舜之文明、孔子稱堯曰煥乎其有文章、子貢曰夫子之文章、皆此之謂也。

孔門詩敎亦爲後世論詩者所本。畧舉論語所載數條如下。

子曰、詩三百、一言以蔽之、曰思無邪。爲政第二注曰、詩之爲體、論功頌德、止僻防邪、大抵皆歸於正。

子曰、關雎樂而不淫、哀而不傷。八佾第三

子曰、興於詩。泰伯第八 注曰、興、起也、言修身當先學詩。

鯉趨而過庭。曰、學詩乎。對曰、未也。不學詩無以言。季氏第十六 疏曰、古者會同皆賦詩見意、不學詩、何以爲言。

子曰、小子何莫學夫詩。詩可以興、可以觀、可以羣、可以怨、邇之事父、遠之事君、多識于鳥獸草木之名。陽貨第十七 疏曰、詩可以興者、詩可以令人能引譬連類以爲比興也。可以觀者、詩有諸國之風俗盛衰、可以觀覽知之也、可以羣者、詩有如切如磋可以羣居相切磋也。可以怨者、詩有君政不善、則風刺之、言之者無罪、聞之者足戒、故可以怨刺上政。

總上五條之意、詩學不外在修身、立言、觀風、化俗。近世論詩之旨、亦莫能外。他如尚書曰、詩言志。左傳記仲尼之言曰、言以足志、文以足言。不言誰知其志。孟子曰、不以文害辭、不以辭害志。以意逆志、是爲得之。三說皆以言志爲文學之事。則其所志者、卽修身立言觀風化俗之事可知。後儒因孔子有志於道一語、遂更進一解、而有文以明道之說。由言志而言道、乃我國文學思想上一大樞紐。

韓昌黎題歐陽生哀辭後云、愈之爲古文、豈獨取其句讀不類於今者邪。思古人而不得見、學古道則欲兼通其辭、通其辭者、本志乎古之道也。

柳子厚答韋中立論師道書云、文者以明道、是固不苟爲炳炳烺烺、務采色、夸聲音、而以爲能也。

歐陽永叔答吳充秀才書云、聖人之文雖不可及、然大抵道勝者文不難而自至也。

王荊公答黎簡正書云、孰讀秦漢以來所謂能文者、不過如此。竊以爲士之所尙者志、志之所貴者道。苟道不合乎聖人、則皆不足以爲道。

周敦頤通書曰、文所以載道也。而輪轅飾而人弗庸、徒飾也。況虛車乎。……文、辭藝也。道德、實也。

劉海峯論文偶記云、作文本以明義理適世用。而明義理適世用、必有待於文人之能事。

顧亭林日知錄云、文不可絕於天地之間者、曰明道也、紀政事也、察民隱也、樂道人之善也。

諸家所論皆與孔子相發明。其不同者、由言志之旨進而爲明道之義。後之拘泥者、遂至見詩文之內容非質言道德者、卽叱爲無用、而藝術之眞義遂缺而不全。

劉勰生於梁代、其時當莊老盛倡之後、繼以佛學、故其思理精湛、雖不背於儒門、實已別有途徑。今略摘文心雕龍數條於下、以概其餘。

體性篇、夫情動而言形、理發而文見、蓋沿隱以至顯、因內而符外者也。然才有庸儁、氣有剛柔、學有淺深、習有雅鄭。並情性所鑠、陶染所凝、是以筆區雲譎、文苑波詭者矣。

風骨篇、詩誌六義、風冠其首、斯乃感化之本源、志氣之符契也。

> 情采篇、聖賢書辭、總稱文章、非采而何。…故立文之道、其理有三。一曰形文、五色是也。二曰聲文、五音是也。三曰情文、五性是也。五色雜而成黼黻、五音比而成韶夏、五情發而爲辭章。
>
> 物色篇、是以詩人感物、聯類不窮。流連萬象之際、沈吟視聽之區。寫氣圖貌、既隨物以宛轉。屬采附聲、亦與心而徘徊。
>
> 明詩篇、人稟七情、應物斯感。感物吟志、莫非自然。觀其結體散文、直而不野。婉轉附物、怊悵切情。
>
> 詮賦篇、因夫登高之旨、蓋覩物興情。情以物興、故義必明雅。物以情觀、故辭必巧麗。麗辭雅義、符采相勝、如組織之品朱紫、畫繪之著玄黃。文雖新而有質、色雖糅而有本。此立賦大體也。

彥和論文、重於情感、工於圖寫、明於內外、文質並稱、聲形俱要、文學之大概已是。其形文聲文情文之說、則頗與黑吉爾 Hegel 曰藝耳藝心藝之論暗合。蓋文學與繪畫雕刻音樂、初實同源、後乃分立、故皆屬於藝 Art。初民之文字皆象形、故與繪畫同源。其時文字皆刻木範泥爲之、故與雕刻同源。文學先有詩歌、詩歌傳述以口、必音調和協、可以悅耳而順口、故與音樂同源。其分立之故、亦文化發展必然之勢。統觀我國歷代文學之觀念、不可謂於學識感化之界、無知之者。然而名不立者義不彰、雖心知其意而語焉不詳。此所以終多淆混也。大抵六朝以前、言志之旨多、唐宋而來、明道之誼切。老莊談玄而文多韻語、春秋記事而體用主觀、此學識之文而以感化之體爲之者也。後世詩人、好質言道德、明議是非、忘比興之旨、失諷諭之意、則又以感化之文爲學識之文之用矣。此今日所當明辨者也。

8　**近世文學之定義**　文學之義、隨世遷移、至難定也。上古之人、但知文字之用。文學之精神、則發泄爲謳歌、作者不知名氏、傳者但以口耳。吳越春秋載古孝子斷竹之歌、及相傳堯時擊壤之歌。皆無作者之名氏。即詩稱三百、亦半出閭里人口、初不假文字。及文字之用漸次擴充、人之感覺漸次深密、人事漸次繁複、耳目所接漸次紛雜。其間道理情態、漸非一二言可盡、於是乃成專門之學。爲之者遂非致力不成、讀之者亦非深思不得。正如度量權衡、初祇平準物類以利日用。今則以之測萬象、量精微、因之其器日精、而用器之法日妙。於是度量權衡之功用、竟超出尋常日用之上。而此極精之器、遂非曾得專門之識者、不得其用、不明其理矣。

且凡一器之精、一藝之妙、雖似不切日用而無關羣衆者。然以歷史之往事觀之、致力於精器妙藝者雖爲少數之人、而精器妙藝之結果、則普及羣衆。故精理化者雖可指計、而享物質文明之福者、則爲羣衆。

又今日之供少數人用者、異日可漸及於多數之人。人類之教育日普、文字之功用愈廣大。羣衆之知識日發展、文學之功用亦將愈普遍。按之進化之理、固應如是也。

故今日之文學、一方面必求其眞義愈明、一方面又必求其眞用愈廣。眞義愈明、則表現之方法愈精妙。眞用愈廣、則人類之幸福愈增進。然則文學之義、雖至難確定、要不出此二點之外。亦如科學之發達、雖不可限、要不外實驗之法日精、與物質文明之福日廣而已。

概括言之、則文學者、乃作者具先覺之才、慨然於人類之幸福有所供獻、而以精妙之法表現之、使人類自入於溫柔敦厚之域之事也。

第二章　文學之分類

1　文學的體製因其原質而異

前章所論、在認識文學之全體。乃辨明文學爲何之事也。此章所論在解剖文學之內部、乃分析文學、觀其如何組織之事也。欲知其組織之狀、必溯其源。故此章關於歷史之事獨多。

體製之分、卽由文學之內部組織完全發達而成。故體製之數、必由簡而繁、由總而別。然而其繁其別、有迹可循。今欲持總而御繁、則芝加哥大學文學教授毛爾登 Moulton 之說爲精。毛爾登之言、雖爲西方文學說法、而此事自有公共之性、亦可以借他人爲鑑也。

毛爾登謂文學之初、祇有舞歌。Ballad dance（按合樂曰歌、我國之古訓、既合樂又佐之以舞、卽不知手之舞之足之蹈之意。）歌舞包歌辭、音樂、舞蹈、三事。歌辭主道其事、音樂主宣其情、舞蹈主象其形、三者實後世文學的原質所由成也。毛爾登又謂文學之原質、非卽體製也。此稱原質、與化學家所謂原質 element 同意。宇宙間萬物皆由原質分合而成。物類之不齊、原質分合之有異也。文學的原質與其體製之關係、亦正類是。

我國古歌合樂與舞之迹、觀尚書詩毛傳及正義可知。

尚書曰、詩言志、歌永言。聲依永。律和聲。八音克諧、無相奪倫。

詩毛傳曰、古者敎以詩樂、誦之、歌之、弦之、舞之、馬瑞辰曰、毛說本墨子舞詩三百言之。

孔穎達詩正義曰、五帝以還、詩樂相將、故有詩則有樂。

他如爾雅所謂聲比於琴瑟曰歌。呂氏春秋所謂昔葛天氏之樂、三人操牛尾投足以歌八闋。楚辭所謂展詩兮會舞。以及堯時擊壤之歌、亦必有舞蹈之象。凡此皆可見古時三者之必合矣。由合而分、亦發展必然之勢。故毛爾登據舞歌以推求文學的原質而得六類焉。

2 文學的原質　毛爾登所謂文學的原質有三。一曰描寫Description、二曰表演Presentation、三曰反射Reflection、按毛爾登指原質言、故舉描寫包敘述之事。若論體製、則描寫與敘述不同。且描寫屬之空間、敘述屬之時間。因文學有兩大作用、此三原質遂各分為二、共得六類、六類之性質及其關係、分述之如下。

描寫者、旁述之事也。其與聽衆或閱者之關係、以圖表之如下。

作者 → 作品 → 聽衆或閱者

作者為事外人、但從旁述說人物境界及事實於聽衆或閱者。其所述之語言或文字、即其作品。聽衆或閱者則由其作品以知其所述之人物境界及事實。

描寫分二類。

一、描寫實際之人物境界及事實者、其人物境界及事實為先已存在者、而作者但重述之。如歷史傳記之屬、或以彰往、或以知新、皆學識之事也。

二、描寫之人物境界及事實非先已存在者、或雖已存在而作者別有所感、特藉之以發、不必定與實際相符合。如記事詩歌及小說之屬、所以寓觀感、成勸化、而動蕩人之情思、皆感化之事也。

表演者、直達之事也。作者直達其所欲言者於人。其與人之關係、以圖表之如下。

→ 聽衆或閱者

作者直達其所欲言者、即作者與其作品不分。作品中之人物境界及事實、作

作品
十
作者

者皆親演一遍於聽衆或閱者之前•故作品與作者必相合爲一。

表演亦分二類。

一、表演實際者、作者以語言或文字將此實際之情節直達於人人得因之以知其是非善惡原因結果、故爲學識之事。演說及信札屬此。

二、表演想像者、作者自身或他人將其想像中之情節扮演以直達於人人觀其情節、卽生感應而自覺其善惡是非與因果關係、故爲感化之事。戲劇屬此。

反射•二字本含二義、卽深受與反映也。此處用深受爲沈思於幽深之義。用反映爲將沈思所得者抒而出之之義。前者如鏡之受光、後者如光之反映。所受者不同、則所反映者亦異。其關係如下。

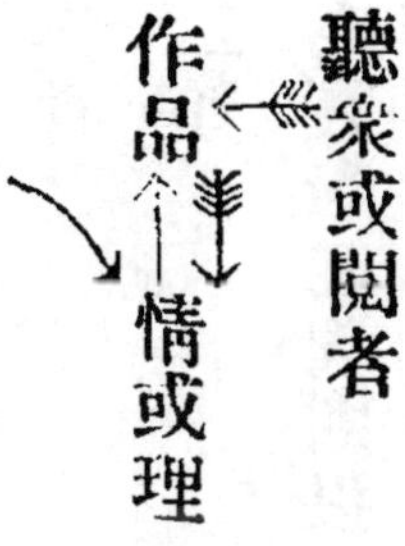

作者深入于情理、而後反射成作品。聽衆或閱者則必深入作品、而後見作者

作者　　　　之情或理。

反射亦分二類。

一、所入爲實際之理、則以解釋爲主、所得爲理解、反射爲哲學等、故屬學識之事。

二、所入爲緣實際而生之情、則以感應爲主、所得爲情緒、反射爲抒情詩歌、故屬感化之事。

如是描寫、表演、反射、皆緣有學識與感化之作用不同、各分爲二。是爲六原質。原質之分合成體製之差異。是故文學之內部、由體製而分。體製之根本、又緣原質而異。是故體製非原質、亦如物類非化學所謂原質也。原質既有分合、則一體製之中亦有含二以上之原質者。知物類與原質之關係、則此理易知矣。

毛爾登又謂原質之構成、固由歌辭、音樂、舞蹈、及原質分合而成體製、其歌辭音樂舞蹈之初型、遂或存或亡。例如史傳則僅主於辭、演說之手勢、則微存舞象。至於論哲理之文、雖同出反射之類、則已無樂之可言。然追溯原始、固三者之所出也。

今以描寫、表演、反射、三事爲經。以學識及感化兩作用爲緯。分配成六類。再以其體製分注於各類之下。爲體雖不備。而舉類可推知。此三經二緯所屬。文學內部之廣。已可概見。而感化之文所屬三類。卽狹義的文學之事。至於體製之殊變。待詳下節。今表不重在此點也。

文學的原質與其體製之關係表

	屬於學識之文	屬於感化之文
描寫	史傳 碑誌 水經 地志 典制 製造	紀游紀事之詩歌辭賦樂府詞曲及小說
表演	彼此告語之信札 布告羣衆之文字	舞曲 戲劇 傳奇
反射	解析玄義 辨論事理 研究物質	抒情寫志之詩歌辭賦樂府及哀祭頌贊箴銘

文學的體製分類之歷史觀

我國文學體製分類之源有二。一爲梁昭明太子之文選。後世總集文章者宗之。一爲漢劉歆之七略。後世總集羣書者祖之。前者專主文章。其界狹。後者偏及羣籍。其界廣。至於劉勰、任昉、摯虞之徒。其所著作。或畧或繁、或書已失傳。未可盡據矣。

文選不收經史子、惟取綜輯辭采、錯比文華、事出沈思、義歸翰藻之文。故阮芸臺曰、昭明所選、必文而後選是也。後世之唐文粹、宋文鑑、皆踵之而作。至姚姬傳選古文辭類纂、號爲最佳。然類分十三、尙多未當。梅伯言古文詞畧、於姚之十三門外、增詩歌一門、曾文正公之經史百家雜抄、總分三門、各系子目、皆佳於姚、亦未能盡善。

劉歆七畧、四曰詩賦。班固漢書藝文志、三曰詩賦。魏荀勖分羣書爲四部、丁部爲詩賦圖贊。宋王儉撰七志、三曰文翰志、紀詩賦。梁阮孝緒撰七錄、四曰文集錄、紀詩賦。此數家皆以詩賦別立一門。至唐書經籍志分甲乙丙丁四部、丁部爲集、集分三類。

一楚詞、以紀騷人怨刺。二別集、以紀辭賦雜論。三總集、以紀文章事類。

宋鄭樵通志藝文畧分經、禮、史、諸子、藝術、醫方、類書、文、而文之類二十二。

一楚詞、二別集、三總集、四詩總集、五賦、六贊頌、七箴銘、八碑碣、九制誥、十表章、十一啓事、十二四六、十三軍書、十四案判、十五刀筆、十六俳諧、十七奏議、十八論、十九策、二十書、二十一文史、二十二詩評宋馬端臨文獻通考分四部集部七類。

一賦詩、二別集、三詩集、四歌曲、五章奏、六總集、七文史。

以上諸家雖非專究文學、而文集一門、既有細目、亦可考見其時文學之內部也。

今取劉歆以來總集羣書所立之目錄、昭明以來總集文章所分之門類、詳加考察、得歷代文學內部廣狹與純雜之迹、分列如下。

由總集羣書之目錄、得下之結果。

一、隋唐以前、凡著作皆文事、而詩賦獨歸文學。

二、唐宋以來、始於詩賦之外、闌入他種著作。

由總集文章之門類、得下之結果。

一、梁以來經史子不屬文學、文選重在文采情思。

二、唐宋以來重在論道經邦、詩詞多別出選本。

大抵兩漢時文學、唯辭賦詩歌。六朝以來文學之內部、漸廣而漸雜。因之文學之觀念、亦漸傳而漸誤。故鍾嶸詩品、識其時孫綽許詢、桓庾諸人之詩、如道德論。而唐之昌熾、盛倡傳道之說、後世遂謂論道經邦者爲正宗、目陶情養性者爲餘事。且以儘稱文人爲可恥、（宋陳雍曰、一爲文人、便無足觀。）於是八股文亦蒙代聖人立言之假面以自尊。故必先明文學之作用、而後由其作用以擇體製、則界限分明、而學識感化之事兩無妨害矣。

4　**我國文學體製構成之源**

第三節特據已成之體製分類而言、其所以構成之源、與其變遷之迹、未暇論及。今將進而述其構成之源、而於下節一論其變遷之迹。但其源據已成之體製可以推知、而其迹則非僅憑體製所能明辨。且其變遷之消息、往往甚微、又多隨時代而異。昔人論及此點者不多見、故今亦不能甚詳。

要之我國歷代文學體製雖多、不出孔門五經之外。此則歷代學者尊經所生之影響也。章實齋文史通義詩教上篇謂後世之文、其源皆出於六藝、其體皆備於戰國、而戰國之文、又皆出於六藝、而源於詩教。所見甚是、摘錄於後。其論戰國之文出於六藝曰、

老子說本陰陽、莊列寓言假象、易教也。（章氏謂易乃懸象設教、故主於取象。）鄒衍侈言天地、關尹推衍五行、書教也。

管商法制、義存正典、禮教也。申韓刑名、旨歸賞罰、春秋教也。其他楊墨尹文之言、蘇張孫吳之術、辨其源委、挹其旨趣、九流之所分部、七錄之所敍論、皆於物曲人官、得其一致、而不自知爲六典之遺也。

其論戰國之文源於詩教曰、

戰國者、縱橫之世也、縱橫之學、本於古者行人之官。觀春秋之辭命、列國大夫聘問諸侯、出使專對、蓋欲文其言以達旨而已。至戰國而抵掌揣摩、騰說以取富貴、其辭敷張而揚厲、變其本而加恢奇焉、不可謂非行人辭命之極也。孔子曰、誦詩三百、授之以政、不達、使於四方、不能專對、雖多奚爲。是則比興之旨、諷諭之義、固行人所肄也。從橫者流、推而衍之、是以委折而入情、微婉而善諷也。

其論後世之文其體皆備於戰國曰、

後世之文、集部經義與傳記論辨之三體、其餘莫非辭章之屬也。而辭章實備於戰國、承其流而代變其體製焉。今卽文選諸體、以徵戰國之賅備、京都諸賦、蘇張縱橫六國、侈陳形勢之遺也。上林羽獵、安陵之從田、龍陽之同釣也。客難、解嘲、屈原之漁父卜居、莊周惠施問難也。韓非儲說、比事徵偶、連珠之所肇也。而或以爲始於傅毅之徒、（自注傅玄之言）非其質矣。孟子問齊王之大欲、歷舉輕煖肥甘、聲音采色、七林之所啓也。而或以爲創之枚乘、忘其祖矣。鄒陽辨謗於梁王、江淹陳辭於建平、蘇秦之自解忠信而獲罪也。過秦王命、六代、辨亡諸論、抑揚往復、詩人諷諭之旨、孟荀所以稱述先王儆時君也。自注（屈原上稱帝嚳、中述湯武、下道齊桓亦是。）淮南賓客、徐陳應劉、徵逐於鄴下、談天雕龍之奇觀也。

總觀章氏所說、其窮源究委之功甚深。但謂諸子某家定出某經、則嫌武斷。時代久遠、不可詳知、章氏亦以其意指相同、遂稱爲源出某經。故又曰、

道體無所不賅、六藝足以盡之。諸子之爲書、其持之有故而言之成理者、必有得於道體之一端而後乃能恣肆其說、以成一家之言也。所謂一端者、無非六藝之所賅、故推之而皆得其所本。非謂諸子果能服六藝之教而出辭必衷於是也。

章氏乃史家、故以歷史家之眼光推論其源流如此。亦猶班固藝文志之類也。至於後世文體源本經文之迹甚明。其故則歷代尊經之影響也。在章氏之前者、有劉勰、顏之推、亦有文體出於五經之言。

劉勰文心雕龍宗經篇曰、論說辭序、則易統其首、詔策章奏、則書發其源、賦頌歌讚、則詩立其本、銘誄箴祝、則禮總其端。紀傳銘（當作移）檄、則春秋爲根、

顏之推家訓文章篇曰、夫文章者、原出五經。詔命策檄、生於書者也。序述論議、生於易者也。歌詠賦

頌、生於詩者也。祭祀哀誄、生於禮者也。書奏箴銘、生於春秋者也。

近世曾文正公經史百家雜鈔敍目、於每體之中、冠以經文、可知我國文學體製之源、歷代學者皆謂其出於孔門也。按二漢作者著書、多效諸子。文集之名興而子部變矣。故章氏溯體製之源、以後世之文、出於戰國也。

5　我國文學體製變遷之迹　以上所舉諸家之說、多詳本源而畧變遷。蓋本源易溯而知變遷難探。而見常人見駢體至唐變成散體、古詩至唐變成今體、至宋變成詞、詞至元變成曲、遂以為此卽文學之變遷、不知特外形之異也。文學之變遷、不可據外形爲準的。若據外形爲準的、則見外形有異於古、遂輕詆之、或見古人之文、外形不同於今、而妄疑之、皆過也。觀下舉數家之言、則知據外形之異、不足以論文學之變矣。

後山詩話曰、退之作記、記其事爾。今之記、乃論也。少遊謂醉翁亭記、亦用賦體。

捫蝨新話曰、以文體爲詩、自退之始。以詩體爲四六、自歐陽公始。

元微之樂府古題序云、詩之爲體、二十四名、賦、頌、銘、讚、文、誄、箴、詩、行、詠、吟、題、怨、歎、篇、章、操、引、謠、謳、歌、曲、詞、調、皆詩人六義之餘。

項氏家說曰。李杜之歌行、元白之唱和、序事叢蔚、寫物雄麗、小者十餘韻、大者百餘韻、皆用賦體作詩。此亦漢人所未有也。予謂賈誼之過秦、陸機之辨亡、皆賦體也。屈宋以上、以賦爲文。莊周荀子二書、體義聲律、下句用事、無非賦者。自屈宋以後爲賦、而後漢特盛、遂不可加。唐至於宋、則復變爲詩、皆賦之變體也。

黃山谷曰、章子厚嘗謂楚辭蓋有所祖述。初不謂然。子厚曰、九歌蓋取諸詩國風、九章蓋取諸二雅、離騷蓋取諸頌、考之信然。

吳訥文章辨體曰、杜牧之阿房宮賦、古今膾炙、但大是論體、不復可專目爲賦矣。

由此觀之、後世文體變遷、亦出於詩經。因五經之中、惟詩經最合於文學之眞義。章實齋亦謂詩賦乃詩經之支系。又謂六義流別、賦爲最廣、比興之義、皆冒賦名。風詩無徵、存於謠諺。而雅頌之體、實與賦類同源異流。章氏所謂賦比興風雅頌、乃詩經之六義也。六義之中、賦比興屬於用、風雅頌屬於體。其說詳見詩大序。今但錄孔穎達詩正義數語於此、以明體用之義。

風雅頌者、詩篇之異體。賦比興者、詩文之異辭耳。大小不同、（雅有大小）而並爲六義者、賦比興是詩之所用、風雅頌是詩之成形。用彼三事、成此三事。故同稱爲義、非別有篇卷也。

孔氏之意、乃言詩體則有風雅頌之分、而每體之中、或用比、或用興、或用賦、以爲之、皆可也。是比興賦者、古人作詩之法也。古來論此者、莫一其說。惟困學紀聞載李仲蒙之語最明。

仲蒙曰、敘物以言情、謂之賦、情盡物也。索物以託情、謂之比、情附物也。觸物以起情、謂之興、物動情也。

比興賦爲古人作詩三法、具如上說、則亦我國文學之原質也。其體製之變遷、則亦由三者分合所致也。今試本毛爾登之說以分配之、當無齟齬之處。雖嫌附會、亦未嘗不可以備一說也。

比爲索物以託情、描寫之事也。以比明實際之事理、則屬於學識類。以比抒心中之情緒、則屬於感化類。

興爲觸物以起情、反射之事也。因所觸起實際之理、則屬於學識類。因所觸動心中之情、則屬於感化類。

賦爲叙物以言情表演之事也。所叙爲實際之事、則屬於學識類。所敍爲想像之事、則屬於感化類。

至於雅言政教之得失、貴能詳盡、則似描寫之事。風者諷刺、主文而譎諫、則似表演之事。頌者美盛德之形容、則似反射之事。其大略蓋如此。

西人謂文學之爲物、不但生alive且常長 growing。已上所論、乃生之源與長之狀而已。但長速者其變速、屢變之後、往往難得其狀。且必與其初祖之狀、小同而大異。故文體乃隨時蛻變之物、不以與初祖有異爲嫌也。據此以驗我國文學體製、則其變遷之迹豁然矣。

6　文學體製變遷與其外形之關係　文學之變遷、雖不可據外形爲準的、然體製一變、外形必受其影響、故亦不可置外形於不論。但外形之變、亦有因文學的工具之性質而成者、第四章於此點言之特詳。今惟畧述其受體製變遷之影響於此。

我國古代文學、本無駢散之分。但用字造句之間、自有奇偶之迹。奇偶乃生於自然、由於聲氣之諧和調適。後人喜偶、則成詩賦一流、喜奇、則爲散文一派。又或合樂則以韵語、記事則以散行、而純主偶者爲駢體、純主奇者稱散文。散文後又稱曰古文。實則六朝以前、祇以文筆對舉、或以詩筆並稱、尙無古文之目也。

文心雕龍總術篇曰、今之常言、有文有筆、以爲無韻者筆也、有韻者文也。夫文以足言、理兼詩書、別目兩名、自近代耳。……余以爲發口爲言、屬筆曰翰、常道曰經、述經曰傳。經傳之體、出言入筆、筆爲言使、可強可弱。

老學庵筆記曰、南朝詞人謂文爲筆。故沈約傳云、謝玄暉善爲詩、任彥昇工於筆、約兼而有之。又庾肩吾傳、梁簡文與湘東王書論文章之弊曰、詩既若此、筆又如之。又曰、謝朓沈約之詩、任昉陸倕之筆。任昉傳又有沈詩任筆之語。

至于古文之名、初指籀史奇字而言。故梁章鉅退庵論文曰、今人於散體文、輒曰古文、衆口一同、其實未考也。芸臺先生嘗辨之曰、古人於籀史奇字、始稱古文。至於屬辭成篇、則曰文章。故班孟堅曰、武宣之世、崇禮官、考文章。梁氏又曰、夫勢窮者必變、情弊者務新。文家矯厲、每求相勝。其間轉變、實在昌黎。昌黎之文、矯齊梁之流弊、而已究之古文之名、雖成於唐之昌黎。而其端已見於北周文帝。文帝患士習浮靡、命其臣蘇綽改文體、（此言文體、乃指字句構造之外形言・）其時朝庭所用文字、一倣尙書。又隋末王通、講學河汾、亦喜摹經典。其著中說、則倣論語。唐初則有陳子昂、喜爲古文。其後則有蕭穎士李華之徒、漸能倡導。昌黎學文於獨孤及、及即李華之徒也。宋之歐（歐陽修）蘇、（蘇軾）明之歸、（歸有光）清之姚、（姚鼐）紹承其緒、而古文大尊。

然自屈原作離騷、其體合詩文爲一、而用比興寓諷諫。漢人宗之、遂爲賦家之祖、此體以大。劉勰所謂六義附庸、蔚成大國也。且由第三節觀之、兩漢至唐、賦與詩歌、同爲文學正宗。自唐迄清代、有作者、不少佳製、此體遂與古文遞爲升降。雖品格或有高下、而源流固自深遠也。

大抵外形之變、卽字句駢散之不同。而駢散之不同、則詩文體製之各異也。重駢之代、則散文亦寫以詩體。重散之世、則詩歌亦同於散文。賦之形式、旣合詩文而成、是以重駢之代、賦中詩體多於文體。重散之世、賦中文體多於詩體。試觀徐庾諸賦、多類詩句、而王勃春思賦、則直七字之長歌耳。此重駢之代、詩體多於文體也。若歐陽之秋聲賦、東坡之前後赤壁賦、字句之構造則又同於散文。蓋宋返五代之習、而歸於質重散之世也。後世之變亦不能外此。

故吳訥文章辨體及徐師曾文體明辨有古賦律賦俳賦文賦之別。類騷者爲古、整齊排比者爲律、而俳賦卽詩體多於文體者也、文賦卽文體多於詩體者也。今錄兩家論賦之語於後、以資攷證。

文章辨體曰、嘗觀古之詩人、其賦古也、則於古有懷、其賦今也、則於今有感、其賦事也、則於事有觸、其賦物也、則於物有況。情之所在、索之而愈深、窮之而愈妙、彼其於辭、直寄焉而已矣。後之辭人、刊落陳腐、惟恐一語未新、搜奇摘艷、惟恐一字未巧、抽黃對白、惟恐一聯未偶、回聲揣病、惟恐一韻未協。辭之所爲、罄矣而愈求、妍矣而愈飾、彼其於情、直外焉而已矣。

吳氏之論當矣。其曰情深妙而辭寄焉而已者、古賦也、辭罄妍而情外焉而已者、律賦也。又論唐賦曰、

唐人之賦、大抵律多而古少。夫雕蟲道喪、頹波橫流、風騷不古、聲律大盛、或有爲古賦者、率以徐庾爲宗、亦不過少異於律爾。甚而或以五七言之詩、四六句之聯、以爲古賦者。

其論宋賦曰、

宋人作賦、其體有二。曰俳體、曰文體。后山謂歐公以文體爲四六。夫四六者、屬對之文也、可以文體爲之。至於賦、若以文體爲之、則是一片之文、押幾箇韻爾。

文體明辨文賦條曰、接楚辭卜居漁父二篇、已肇文體、而子虛上林兩都等作、則首尾是文。後人做之。純用此體、蓋議論有韻之文也。

總兩家之言觀之、由兩漢至三國、賦中詩文兩體停勻。由兩晉至唐初、賦中多用詩體、甚者直五七言詩矣。而盛唐之文、上者如古、下者爲律。宋代之賦、則以文體爲之、但有韻耳。故吳曰文體、徐稱文賦。要言之、則不過詩文兩體參合之分量有多寡而已、文字詞句之事也。文學之事、不止於文字詞句、故外形不可以定內容也。

至於語體行文、雖盛於元世、實無代無之。來人塡詞者、如柳耆卿、黃山谷、程正伯等、皆好以俚語入詞、遂開元曲之端。白話小說、則起於宋代之平話。

郎瑛七修類稿曰、小說起宋仁宗、蓋時太平盛久、國家閒暇、日欲進一奇怪之事以娛之。故小說得勝頭迴之後、即云話說趙宋某年。

其後有韻者則爲傳奇、無韻者則爲章回小說。此二類初祇一時文人遊戲之作。然敘人間悲歡離合之情、詠詭譎怪之事、頗能動人。其佳者且有合於感化文學之義。但其體初起、不爲時人所重、又佳者甚少、而淫穢粗鄙之作甚多、故古人不列於文學之內。卽石頭記一書、大體甚佳、而書中亦有描寫幽歡太露之處。以此方名家、終嫌瑜不掩瑕。故在今日認明文學之眞義者、欲納說部入文學以高其位置、自當望之後起之秀、不必强加尊號於陳死人也。至於傳奇、則位置又高於章回小說、本接武宋詞而起。且作品作家、皆多於章回小說、向來爲文學界重視矣。他若彈詞則與西皮二簧不相上下、今人妄稱爲平民文學、亦未有當也。

至於舊籍之中、往往有曰某某體者、皆時人稱一時風氣相類各家之名。其立名或以年號、如建安體、太康體等是也。或以時代、如齊梁體、初唐體等是也。或以官秩、如陳拾遺體、王右丞體等是也。或以姓名、如蘇李體、曹劉體等是也。或以地名、如昌黎體、江西體等是也。或以所官之地、如韋蘇州體、岑嘉州體等是也。或以作詩之處、如柏梁體、西崑體（西崑者、西方崑崙也、相傳爲羣玉之府、古帝王藏書之處、宋楊億官兩禁、作詩浮學李商隱、故取玉山冊府之義以名其集、後人遂稱義山及楊億一派宮西崑體。等是也。又有宮體香奩體則因其喜用香艷之字句而名也。其詳見嚴羽滄浪詩話論詩體一條。雖可見一代之派別與習尚、究之其論破碎、無關宏旨、故今不具論、而附見於此。

第三章　文學的工具

1 表現自然之工具不一　自然之界限廣大無邊、故東西南北之人皆可接近。自然之世紀悠久無窮、故上下古今之人皆可享用。自然之性質平等無私、故草昧文明之人皆可領取。雖接近之有親疏、享用之有厚薄、領取之有多寡、一視其人之程度高下而表現。即謂野蠻民族之文身雕額、上古時代之土鼓蕢桴、兒童之嬉戲抃躍、以及勞民之呼籲嘆息、爲表現其自然、亦無不可。因其皆係外覺於物、內感其情、莫之所使、自然流露者。雖其程度未高深、表現者不免粗淺、究不能不謂爲表現之一法。

表現自然方法完備、必在外之所覺日繁、內之所感日精之後。所覺者繁、則情不深不可得而接近、所感者精、則法不工不可得而表現、此文化進步之事也。故善覺善感者、欲表現自然、莫不心營意造、以求至善之方法。或以繪畫、或以音樂、或以文學、務求能通其情、能達其意、能傳其神。然繪畫不能離采色、音樂不能離聲律、文學不能離文字。故求至善之方法、不可不求諸采色、聲律、文字、亦猶工欲善其事者、必先利其器。采色者繪畫之工具也。聲律者、音樂之工具也。文字者文學之工具也。三者之性質雖有不同、其爲表現自然之具、則無絲毫之異。

如桃花源本晉陶淵明意造之境界、以託其避世之情也。淵明既自作文以記之、復系以詩。唐王維演爲桃源行以詠其事、宋趙伯驌復畫爲桃源圖。又如歸去來辭、乃淵明自敍其思歸之情、想其歸去之樂也。東坡既譜爲樂歌、傳其歸情於音樂、宋李公麟復畫臨清流賦詩之狀、爲歸去來圖。又如蘭亭修禊、乃王羲之觴詠之事也。羲之既自作序、宋李公麟爲之作圖、而明宋濂復爲圖作記。皆能將天時景物人情興會、一一傳出。宋代畫院以詩句命題、東坡稱王摩詰詩中有畫、畫中有詩、亦即此意。又昔時伯牙善彈琴、鍾子期善聽。伯牙鼓琴、方志在太山。子期聽之曰美哉鼓琴、巍巍乎如太山。伯牙志在流水。子期曰美哉鼓琴、洋洋乎如流水。蓋山水之精神、詩畫琴皆可傳出。故知藝之工者、無不可以感人。感人之深者、無不皆自然之美表現之法、豈必拘拘於一格。

但方法既不同、工具之性質又各異、表現之能力亦各有其長。能利用其長、任擇一方法皆可供表現之用。繪畫之藝、長處在利用空間、能將千萬分剎那間之一動作一境界、留一實在之形迹、能將千山萬水羅列尺幅之內、使人目覩其形迹、即可想像其神味。音樂之藝、長處在利用時間。能將動作之繼續情節之委曲次第奏出、使人耳聽其音調、即可體會其情思。文學之藝、長處亦在利用時間、亦能將動作之繼續、情節之委曲、歷歷寫出、使人口誦詩文而心了情通。故黑智爾 Hegel 謂繪畫爲目藝、音樂爲耳藝、文學爲心藝。柏拉圖 Plato 謂雕刻繪畫藝之靜也、詩歌音樂藝之動也。彼所謂靜者、屬於空間、故又可謂爲空間的藝術 Space art。彼所謂動者、屬於時間、故又可謂爲時間的藝術 Time art。究之時間空間云者、就其大體而言、易於分別耳、實則眞作品、必靜中有動、動中含靜、二者未可離也。

2 文學的工具之起源

文字一名、在今爲通稱、在古亦有異。

許叔重說文解字序曰、依類象形、故謂之文。其後形聲相益、即謂之字。文者物象之本、字者言孳乳而浸多也。箸於竹帛謂之書。書者如也。

蓋文之本意爲錯畫、篆作文、相交錯也。字之本意爲乳育、篆作字、子在宀下也。古代字又謂之名。一字又謂之一言。

周禮、春官、大宗伯內史掌書名於四方、注古曰名、今曰字。

戰國策、臣請三言而已矣、曰、海大魚。

據戰國策海大魚三字爲三言觀之、人類言文本無分別。但語言必先文字、文字乃以濟語言之窮。故可謂爲語言之符號。制字之初、乃象物成形、而以人聲呼之。其後用繁、或依事取象、或依義合文、或因義加聲。其後更繁、或假借彼字之音爲此字之義、或轉注彼字之義爲此字之用。古人論文字之書、流傳至今稱爲最備者、有漢許叔重說文解字三十卷。今節其序論造字之意一段於後。

許叔重說文解字序曰、古者庖犧氏之王天下、仰則觀象於天、俯則觀法於地、視鳥獸之文、與地之宜、近取諸身、遠取諸物、於是始作八卦以垂憲象。

及神農氏結繩爲治、而統其事、庶業其繁、飾僞萌生。黃帝之史倉頡、見鳥獸蹄迒之迹、知分理之相別異也、初造書契、百工以乂、萬民以察。…周禮八歲入小學、保氏教國子、先以六書。一曰指事。指事者、視而可識、察而可見、上下是也。二曰象形。象形者、畫成其物、隨體詰詘、日月是也。三曰形聲。形聲者、以事爲名。取譬相成、江河是也。四曰會意、會意者、比類合誼、以見指撝、武信是也。五曰轉注、轉注者、建類一首、同意相受、考老是也。六曰假借、假借者、本無其字、依聲託事、令長是也。

又陳澧東塾讀書記、論小學一節、於文字起源之理、及字又謂之名之故、言之甚明、可參證也。

東塾讀書記曰、子思曰、事自名也、聲自呼也。（原注、中論貴驗篇引）此聲音之理最微妙者也。程子云、凡物之名字、自與音義氣理相通。天未名時、本亦無名、只是蒼蒼然也。何以便有此名、蓋出自然之語。音聲發於其氣、遂有此名此字。（原注、二程遺書卷一）此說亦微妙。孔沖遠云、言者意之聲、書者言之記。（原注、尚書序疏）此二語尤能達其妙旨。蓋天下事物之象、人目見之、則心有意。意欲達之、則口有聲。意者、象乎事物而構之者也。聲者、象乎意而宣之者也。聲不能傳於異地、留於異時、於是乎書之爲文字。文字者、所以爲意與聲之迹也。未有文字、以聲爲事物之名。既有文字、以文字爲事物之名、故文字、事物之名也。

2 文學的工具之種類 文字既爲語言之符號、則語言不同之國、所用之符號亦必不同。故欲知文學的工具之種類、當知語言之種類。

近代語言學者、分世界之語言爲三大類。（見鹽谷溫支那文學概論講話）

一、曲折語 Inflectional Language 印度歐美之語是也。其語尾可變化。由其變化以定其詞性。如 to write、無定動詞也。wrote 則變爲過去動詞。writing 爲現在事象詞、而過去事象詞又變爲 written。寫字之人復變爲 writer。種種詞性、皆由語尾變化以定其音曲折、故曰曲折語。

二、粘著語 Agglutinative Language 又曰添加語、日本之語是也。其語於主要語之前後、加以附屬語。由此附屬語以定其詞性。如私ガ本ヲヨム。私者、我也、ガ其附屬語、以定我爲主格詞也。本者書也、ヲ其附屬語、以定本爲賓格詞也、ヨム者讀也。ガ與ヲ、皆粘著於私本二主要詞後、故曰粘著語。

三、孤立語 Isolating Language 卽我國之語。其詞性雖變、字形不遷、又無附屬語以表示其變化、如我毋爾詐、我主格也。吾喪我、我賓格也。此二我字詞性不同、而字形不變、又不須他語附屬於後、以表示其不同、特然孤立、故曰孤立語。

3　我國文字重形　據近世醫學家言、物質進化之後、人類之目根反不如前、則草昧之時、人類之目根必較利於後世。嘗見某書載一西人言我國古代稱海上有三神山及古書日出扶桑等語、必其時海濱漁人目力甚強、或已望見日本故其言彷彿迷離。但其時海行不易、未得窮究耳。此言雖未可據、而巢居穴處之民、飲食之尋求、危險之趨避、皆賴目根之利鈍、亦當然之事實。且初民文字、多是象形、其用目之時、多於用耳、又已然之事。雖伶倫制律、與倉頡造字同時、而樂書失傳、音理無考、音聲之美、不稱於世。後之學者、間亦著書論樂、皆異說分歧、莫衷一是。耳根之鈍、尤甚他國、益可想見。

我國文字非絕不重聲音、且人類口耳之用、與手眼同功。而文字原以輔言語、則人聲爲字音之源。但造字之初、根本形象音聲之跡、非可於字面求之。周秦兩漢之時、用字至爲紛亂。直至梵學東來。然後有起而研求華字字母者、於是七音四聲之說乃興。然而人各異說、至今紛歧、靡有定論、亦同論樂之家、各是其說、故我國文字、雖其音形迭有消長、而後世偏重字形、灼然可見。蓋制字之始、原未注重音聲、此又耳根不利之證也。

世間文字、象形者不及拼音者之多美。蓋聲音之道、微妙過於形象。形象有跡有體、可以撫循。而聲音之跡則非音學發明以後、無由實驗。故注重聲音之文字、其國之人耳根必利。佛書稱釋迦說法曰頻伽（鳥好音）音、曰海潮音、皆形容其微妙感人也。又稱聞聲悟道之徒曰聲聞、而以從耳入道者優於從目入道者。亦以形跡易於拘泥、聲音可以玄通。故聞微妙之音者、其感通自較徒由文字之跡象求之者爲迅速也。

鄭樵通志論華梵曰、華書制字極密、點畫極多。梵書比之、實相遼邈。故梵有無窮之音、而華有無窮之字。梵則音有妙義、而字無文彩、華則字有變通、而音無錙銖。梵人長於音、所得從聞入。故曰此方眞教體、淸淨在音聞、我昔三摩提、盡從聞中入。有目根功德少、耳根功德多之說。華人長於文、所得從見入。故天下以識字人爲賢智、不識字人爲庸愚。

我國文字爲單音 Monosyllabic Language。據英人威妥瑪 Thomas Wade 考察現代北京之字、約有四百不同之音、而通用之字則有一萬以外。以四百音統一萬餘字、其同音字之多、自不可免。音同者多、則耳聽不明、必藉目辨字形、然後心知字義、亦必然之勢也。王蓀友說文釋例序論此極明、今錄於下。

說文釋例序曰、古人之造字也、主名百物、以義爲本、而音從之、於是乎有形、後人之識字也、由形以求其音、由音以考其義、而文字之說備。

4　重形文字之缺點　重形文字、非絕對不重音也。且文字之用、原以代言、則音聲之於文字尤爲密切。但我國制字、既根本於象形、後世爲文者、欲摹寫人聲必至棄字形於不顧。棄字形於不顧、則用字無准的。用字無准的、則字義皆混淆。此在古代已極感困難、而今世之人、欲讀古書、若不知古音通假之誼、亦多誤會疑惑之處。即如逶迤二字、異形同音、見諸古書者、略數之有三十三種。（此三十三種中、有因形變、有因音變者。）

逶迤　委蛇　蟡蛇　逶蛇　委佗　遺蛇　委它　倭遲　倭夷　威夷

威遲　郁夷　禕隋　爲迤　禕隋　禕它　倭他　委移　歸邪　[阝爲]陭

委陀　緌倭　委維　委壝　靡迆　逶迤　委㐌　蟡蛇　蝛蛇　踒跑

逶迱　逶迤　濻滙

他如石鼓文、其魚維何、作其魚隹可。蓋維從隹得聲、何從可得聲、古人只求聲存、遂不顧形異矣。此可見古人聞聲可以思義。若後人重形既久、則目視隹可之形、不知即維何之義矣。

又有急聲慢聲長言短言之別、亦可變異字形、惟求聲似。如長言則爲蒺藜、短言則爲茨。長言則爲窟窿、短言則爲孔。急聲則者焉爲旃、慢聲則諸爲者歟。此類之多、殆不可數。

又有同音之字。即隨意通用者。如家姑古爲同音、則曹大姑可作曹大家。宓伏古爲同音、則宓子賤可作伏子賤。又明諸孟諸、實是一地。陳氏田氏、本爲一姓。如此之類、觸目皆是。陸德明經典釋文序言之甚詳、今錄於後。

鄭康成云、其始書之也、倉卒無其字、或以音類比方假借爲之、趣於近之而已。受之者非一邦之人、人用其鄉、同言異字、同字異言、於茲遂生矣。

重形文字、不能摹寫人聲、因摹寫人聲、必不顧字形。不顧字形、則異時異地之人、望文生義、容易誤會。而單音單體之字、點畫稍異、即不可識。亦我國文字之缺點也。此事自秦至兩漢即感困難。李斯之奏同天下文字、西漢之劾正史書、是也。孝平時、徵爰禮等百餘人令說文字未央廷中。東漢熹平四年、詔諸儒正定五經、刊於石碑、爲古文篆隸三體書法、以相參檢。凡此皆於文字有所修正、然尤未有著專書以統論之者。至和帝時、許慎作說文解字、始有論定字形專書。故江式論書表曰、

愼嗟時人之好奇、嘆俗儒之穿鑿、惋文毀於凡學、痛字敗於庸說、詭更任情、變亂於世、故撰說文解字十五篇。

徐鉉上校定說文解字奏曰、及暴秦苛政、散隸聿興、便於末俗、人競師法。古文既絕、譌謬日滋。至漢宣帝時、始命諸儒修倉頡之法、亦不能復故。光武時馬援上疏論文字之譌謬、其言詳矣。及和帝時、申命賈逵修理舊文。於是許慎采史籀李斯揚雄之書、博訪通人、考之於逵、作說文解字。至安帝五年、始奏上之。而隸書行之已久、習之益工、加以行草八分、紛然間出、反以篆籀爲奇怪之迹、不復經心。至於六籍舊文、相承傳寫、多求便俗、漸失本原。爾雅所載草木魚鳥之名、肆意增益、不可觀矣。

蓋漢用隸書、點畫尤易相混。初或偶誤、後人觀之、見其奇異、遂隨意增減、任情移易、字形破裂、至不可辨。說文解字一書、力救此弊。而一時之人、未能遵之。其後楷體復出於隸書、故六朝碑刻字爲楷體、而形尤紛亂。近人凌霞序趙撝叔六朝別字記、舉一軀字而詭形甚多、可證。

六朝別字記敍曰、六朝碑版、點畫偏旁、隨意增損、怪誕紕繆、觸目皆然。卽如造象之中、區軀二字。厥狀甚夥。王妙暉造象作𠥱。僧資造象作匤、趙阿歡造象作匽。天和四年造象作𦊆、紀僧諮造象作軀。淸信女楊造象作軀。元寧造象作摳。路文助造象作𨈖。曹續生造象作傴、郭于猛造象作摳。聊舉其一、以例其餘、則其變態不窮可知矣。至唐崔懷儉造象則又作𠥱。是乃沿波逐流、變之又變者也。

文字之內容、不外音形義三事、而文字未制之先、必心先起意、(意卽字義)口先有音、然後隨事隨物手畫其形。後世辨字、則目觀其形耳聽其音而後心知其義。今音既多同、形又混寫。人之辨字者、必惑於字義。而音多同形混寫之原因、在單音單體此我國文字之大缺點也。

5　言語變遷之影響　文字本以代言語、而異時異地之言語、不能一致。言語有變遷、勢必影響於文字。在拚音文字之國、則隨時隨地可以拚成其音、爲事甚易。在象形文字之國、則字形一定不可更改、卽無以適應其變。論者謂拚音文字、隨時隨地、可變字形、故數百年以前之英文、便不易識、未始非其短處。我國古今方土之音、極不相同、而見字卽可知義、未始非我之長。此亦就大概言之耳、若細加考察、我國文字受言語變遷之影響而困難之處甚多。蓋文字之音、原係人口之音。人口之音既變、當然不能禁文字之音不變。

言語變遷、影響文字。其影響之最顯著者、爲讀破字音。讀破字音之例最古者、爲何休之注公羊傳。

公羊傳莊公二十八年、春秋伐者爲客、伐者爲主。何注曰、伐人者爲客、讀伐長言之、齊人語也。見伐者爲主、讀伐短言之、齊人語也。

按四聲之說起於齊梁。此云長言短言、卽與後世之分四聲相同、如夏雨雨人、春風風人。解衣衣我、推食食我、皆讀破下一字爲去聲以別之也。此云長言則是讀伐爲平聲、云言短則是讀伐爲入聲。其時齊國之人、有此口音、故公羊書載之如此也。

顧炎武音論曰、五方之音有遲疾輕重之不同。……約而言之、其重其疾、則爲入爲去爲上。其輕其遲、則爲平。遲之又遲、則一字而爲二字。茨爲蒺藜、椎爲終葵是也。……文者、一定而難移、音者、無方而易轉。不過喉舌之間、疾徐之頃而已。故或平、或仄、時措之宜、而無所窒礙。

錢大昕潛研堂集曰、漢魏以降、方俗遞變、而聲音與文字漸不相應。

由顧錢二君之說觀之、文字有隨言語而變之勢、顯然無疑。但限於一定之形、不能如拚音文字之便利、故不免發生困難。此種困難、較之英人之識古文爲尤甚、其最大之困難有二。

一、讀古書多誤解字義。因一字之音有古今之別。古書用古音、後人不知、則拘於今音而誤解古義。或有義不可通、則妄解古書。下舉之例、可以證明。

俞曲園古書疑義舉例曰、夏小正、黑鳥浴。傳曰、浴也者、飛乍高乍下也。按飛乍高乍下、何以謂之浴、義不可通。浴者、俗之誤字。說文、俗、習也。卽黑鳥習也。習俗雙聲、故卽以俗字代習字也。（雙聲之說詳見後。）

二、時代變易、人聲遂與字音各異。各異之顯見者、其證有五。

證一、人聲已變、而字音未變、於是別寫一字、當人口之聲。俗字之源、卽在此。如作字、今日白話用做字。康熙字典注曰、做、俗作字。其實韓昌黎方橋詩、已讀成佐音而未別寫做字。方橋詩曰、

非閣復非船、可居兼可過。君欲問方橋、方橋如此作。（音佐）

又我輩元代人稱我每、今人稱我們、亦一聲之變也。

證二、人音未變而字音因偏旁誤讀者。如鍬口語呼為秋蕭切。今人見鍬字偏旁有秋字、遂讀成秋音、反以口語為俗。又如鐮口語如廉、今人見鐮字偏旁有兼字、遂讀如兼、亦以口語為俗矣。（見方以智通雅。）

證三、字形誤為他字而人聲亦隨之而誤者。如溲字之偏旁三點水氵、隸書寫成氵。遂與亻相混。因亻隸書作ㄋ也。而隸書亻又往往作亻。（如彼又作彼、徘徊又作俳佪。）於是三點水旁變成單人旁。叟字隸書往往與更字相混。（故嫂字或作婹。）於是溲字變成便字。大小溲遂變大小便矣。今人或有仍呼大小溲者、又讀成上聲、遂寫作大小手、輾轉訛誤、遂難究詰矣。

證四、古有此音此字、而今人不知、遂以為俗者。如唱喏（或從言作諾。）見司馬溫公書儀。今人不知又讀喏如落、遂不知今日唱喏（音如惹。）之作何解、而謂之為俗。又如溫水本曰㬈、出說文解字、漢時人語也。今尚有此音（音如耐。）而不知有此字。

證五、今有此音古無此字者。如蘇人急呼勿要成覅、既以二字拚成一字、又以二音拚成一音。北人急呼不要成別字、以二音拚成一音、而取與此音相似之字代之。者歟爲諸、蒺藜爲茨、卽不要爲別之類。

由上五條觀之、言語與文字分途之迹、已顯然矣。大都人音有古今方土之變、字形不能隨之而變。字形則古今方土多遵用、而人音不能齊一、行文則下筆皆同、而口語則對面難曉。故閩廣之人、詩文可誦而知意、對語則無殊異國。然究其不同之理、多可以雙聲疊韻通之。蓋古今音異、與方土音殊同理。雙聲疊韻可以通古音、卽可以通方言。此說龍翰臣之古韵通說、與張行孚之說文審音言之甚詳。茲錄其語如下。

龍翰臣古韻通說曰、凡古今音韻之流變、皆由雙聲遞轉。無論假借通用、與夫習譌傳譌、及五方言語不齊、皆可於雙聲求之。昔者由本音而變爲轉韻、今也卽可由轉韻而知其本音。且閩人讀舉如鬼、讀人如靈、舉鬼人靈雙聲也。秦人讀風如分、讀宗如租、風分宗租亦雙聲也。

張行孚說文審音曰、方音無論今古、皆由雙聲轉變。（自注、按方音亦有由疊韻轉變者、以無關部分異同、故不論。）若不知古人方音皆由雙聲轉變、則不能定字之方音爲何音、且方音無一定之例、則天字可以讀地、地字可以讀天、無是理也。蓋造字之初、字雖止一音、而字之疊韻雙聲、一轉即變。此處讀平、彼處必有讀便者。（自注、尚書、平章百姓、史記引作便章、此古人讀便之證、）此處讀陰、彼處必有讀雍者。（自注、詩經、七月章、陰與冲韻、因陰與雍爲雙聲、故方音讀陰爲雍、即可與冲韻也。）此處讀終、彼處必有讀斟者。（自注、今徽州人亦有讀陰如雍、讀終如斟。）逮其後、彼處所讀之音、流傳於此處、則雖此一處、而一字亦有兩音矣。

龍張兩氏、亦見人音有變遷之迹、而思所以通之。於是會萃衆說、參稽同異、而以雙聲疊韻、可以通一切古今方土之音、著爲定律。兩君生於近世、承歷代音韻學者之後、故能以少御繁、不約而同、發爲此論。

自梵學東來、我國始有字母之學、今之見溪郡疑等三十六母是也。自沈約以來、始有四聲分韻之說、後之東冬江陽等百零六韻是也。字母以辨喉舌牙齒唇等九音、韻以定平上去入四聲。雙聲者、發音同而收音異者也。疊韻者、發音異而收音同者也。發音爲母。收音爲韻。李松石音鑑謂兩字同歸一母者爲雙聲、兩字同歸一韻爲疊韻、是也。

但我國文字非拼音、字母之說、起於造字之後。後人之視字音、不易知其母之同異。

故自來於此異說紛岐、字母之數、亦多少不同。欲明同母同韻之說、莫如明發音收音之說。而發音收音之說、以羅馬字母表之、則極易明了。

例如芬芳爲雙聲、故芬芳之發音同爲 f、以羅馬字母拼之、爲 fen, fon。

芬芸爲疊韻、故芬芸之收音同爲 en、以羅馬字母拼之、爲 fen, yen。

再以證古今音亦然。

例如古音靡如摩、則 mi, mo 之發音同爲 m、雙聲之變也。

古音陰如雍、則 yim, yun 之發音同爲 y、雙聲之變也、

再以證方言亦然。

例如沒有湖南人曰毛有、則 mê, mao 之發音同爲 m、雙聲之變也、

狗尾江蘇人呼音如狗米、則 ve, me 之收音同爲 e、疊韻之變也。

6　歷代修正文字之概觀　文字之內容、不出音聲形體意義三者、意義由音聲形體而見、音聲形體一紊亂、則意義因而混淆。前節已述其大畧、歷代於此亦感困難、故每有修正文字之事。細加討尋、界限易見、但今非專究文字學之事、不暇繁

徵博引、特將其影響較大、功用較著者表出之、約可分八期、每期之中、間有較小較微之事、附見表內、再略加說明、以便考其影響於文學之故。（見後表）

據此表觀察、第四期爲我國文字發生變化極大之時、其影響於文學者亦極巨。因許慎著說文解字、已將形體及意義確定。所缺者惟音聲一項。第四期適當梵文字母流行中土之際、故其時學者有反而求我國字母者、及字母既定、切韻之事乃興、於是有七音九音四聲五聲之說、既可補古代造字之缺、又足開後世音韻之端、實爲文字上一大樞紐。但字母傳自梵僧、後之儒者多拘泥褊隘、不屑習之。間有知其重要者、又必謂不出自梵僧、或以樂律七音爲根據、求避其出於梵僧之名、因而字母之學不能發展、加以國人耳根素鈍、故異說紛歧、或定爲三十二母、或定爲三十母、或定爲二十母、莫衷一是。降至清代、漢學大興、而學者用功多在求明古人用韻之迹、以爲音聲分部之本。故或由說文諧聲討尋、或從詩經楚辭用韻之迹分部。其分部又各有多少之不同、亦難遵守。加以科學未明、音理未曉、各憑口舌爲定、舛修之間、易生歧異。今幸世界交通、科學易求、或可據發音學理定其標準、爲我國文字再開一光明之途也。故第八期亦文字變化之大樞紐。因一國之文化得與他國之文化相接觸、必生變化。而每一度變化、又必爲一度之進步、有史以來、皆如是也。

論文字之意義者、古人謂之訓詁學。最古之書爲爾雅、或云周公所作、或云孔子所增、或云子夏所補、或云叔孫通所益。然大戴禮孔子三朝記、稱孔子教魯哀公學爾雅。則其書之成已久。大抵後世儒者、隨時有所補訂。書中以義爲主、音形不同而義同者類聚一條、而不暇辨其不同之故。大抵其時之人、感於文字音形多通、意義難明之困難、而作此書以記其同異也。後世繼作者、頗不乏人。

(漢)揚雄作方言三卷、
劉熙作釋名八卷、
(魏)張揖作廣雅十卷、
(宋)羅願作爾雅翼三十二卷、
(明)朱謀㙔作駢雅七卷、
方以智作通雅五十二卷。

（清）杭世駿作續方言二卷、

（近代）章太炎作新方言。

凡此諸作皆以明訓詁通同異、其有功於文字亦不爲少。但字義之混淆。實原於音形之紛亂。修正文字重在音形。音正形定、義自明確。故訓詁之學。不列表中而附其說於此。

7 **文字修正後影響於文學者何在** 文學以文字爲工具、故工具之良楛、係文學之優劣。世界各國能供獻文學於人類者、必其工具甚良。亞洲一隅、除我國文字卓然自立外、餘如安南朝鮮、久已寂然。日本乃傍人門戶之文字、亦不足論。惟印度挺立西南、其文學能傳深邃之佛理、工具必精。故國雖不存而文猶在世。於此可見工具之重要矣。

上古之文簡略樸質、雖由人事不繁、風氣淳厚。而文字煩重、鍥刻不易、亦其大因。故史籀大篆、孔子不取。邱明作春秋傳、亦以古文。至李斯改古文爲小篆、程邈破篆體爲隸書。兩漢遂通用隸書。隸便於篆也。因之兩朝文章著述、繁富過於周秦。

但隸散篆體、點畫之增減、往往隨意。於是繆誤百出、（宋洪适隸釋、劉球隸韻、婁機漢隸字原、及後人顧藹吉隸辨、翟云升隸篇、皆考隸書同異者。）後人苦之。故許愼作說文、一依小篆。每說一文、必明其點畫之理。用功甚勤、而形義大定。其時便於散隸、未能遵用。六朝文人、習兼行草（行書後漢劉德昇作。草書後漢張伯英作。）加以紙筆精良、書寫甚便、故文事益繁。而能書之人出於三國兩晉、亦文字修正後之影響也。

及字母東流、韻學既啓。文人執筆、必協聲律。周秦兩漢、詩文用韻、純屬一時一方之音、故多通而易變。迨韻書一出、乃將自然之音、立以法度。於是有四聲八病之說、宮商平仄之論。河北江南、不容歧異。隻言片句、亦必調和。沈約自言在昔詞人、累千載而不悟者、彼獨得胸襟。窮其妙旨。觀其所爲謝靈運傳論、可知其說矣。

夫五色相宜、八音協暢。由乎玄黃律呂、各適物宜。欲使宮羽相變、低昂互節。若前有浮聲、則後須切響。一簡之內、音韻盡殊。兩句之中、輕重悉異。妙達此旨、始可言文。

約說初出。一時文人、頗相非難。鍾嶸詩品云、平上去入、則余病未能、是也。南齊書陸厥傳、載厥與約一書、即論此事。約有復書與之辨論、節錄如下。

沈約復陸厥書曰、宮商之聲有五、文字之別累萬。以累萬之繁、配五聲之約、高下低昂、非思力所舉。又非止若斯而已也、十字之文、顛倒相配、字不過十、巧歷已不能盡、何況復過於此者乎。靈均以來、未經用之於懷抱、固無從得其髣髴矣。⋯⋯自古辭人、豈不知宮羽之殊、商徵之別。雖知五音之異、而其中參差變動、所昧實多。故鄙意所謂此祕未覩者也。⋯⋯若以文章之音韻、同絃管之聲曲、則美惡妍媸、不得頓相乖反。譬諸子野操曲、安得忽有闡緩失調之聲。以洛神比陳思他賦、有似異手之作。故知天機啓則律呂自調、六情滯則音律頓殊也。

蓋自形義既定之後、文字之音聲、得周彥倫沈約而歸於法度、於是駢詞偶句之工愈密。而過密之弊、令作者惟求外觀、務講色澤、雕文傷質、徇外忘內。故其末流趣於浮靡、神氣索然矣。然要不可謂音韻之學、非文字之進步。世人好古情切、則輕今心生、遂以此事、罪在隱侯、亦非平允之論也。

唐宋文人、好觀字書。困學紀聞曰、宋元憲寶玩佩觿三篇。（郭忠恕作）蘇文忠每出必取聲韻音訓文字置篋中。晁以道晚年日課十五字。又韓昌黎亦云、凡為文者宜略識字。蓋文字既為文學的工具、則先宜熟於工具、宜多得工具。又自然之美、必藉文字爲媒介、而後可以表現、則此媒介必精良。是以知工具者、乃供文學之用、以表現自然之美爲目的也。非祇知用工具而無所表現、卽爲能事也。非可以粗淺之工具、而成優美之作品也。此理倘明、流弊自除矣。

唐之作者、承六朝之後、獲較精之工具、又能去其浮靡之習、故律體大行。其間頗多佳製。宋代末流、偏重理學、於文字之音訓、未暇深求、遂謂文字惟貴明道、其流波直至歸震川姚姬傳而未已。於是文學之中、義法森立、而眞意漸失矣。

清代復興漢學、研求古音、則以通古義爲標的、非以之行文。故曾文正公嘗有漢學家不工文詞、古文家不講音訓之嘆。蓋亦有見於文學之事、外觀內美、不可偏廢也。

以上所論、特略舉其概言之耳。至於一代作者、常有拔俗特出之人、自能窺見文章之眞、冥心獨造者。如宋之東坡、何嘗爲流俗所制、觀其致謝民師推官書可知也。

蘇軾致謝民師推官書曰、揚雄好爲艱深之詞、以文淺易之說、若正言之、則人人知之矣。此正所謂雕蟲篆刻者。其太玄法言、皆是類也、而獨悔於賦、何哉。終身雕篆、而獨變其音節、便謂之經、可乎。屈原作離騷經、蓋風雅之再變者、雖與日月爭光可也。可以其似賦而謂之雕蟲乎。

法言平淡、學論語、東坡薄之爲雕蟲。離騷華美勝辭賦、東坡稱之爲風雅。是知文學不可徒務音節色澤之工、又不可徒去音節色澤爲貴、要視其意之是否淺易、義之是否合乎風雅而已。不明此理、而徒工音節色澤、則必流爲六朝之浮靡、徒去音節色澤、則必反於太古之樸陋。二者皆文學之弊也。

8　**工具之能力有限**　工具既屬人爲、又有良楛、必資修正、則其能力有限可知。而自然界之景象萬千、接於吾人者、情態則交迕錯雜、道理則幽深微妙。文學家憑人爲而有限之工具、欲爲此無限之自然寫照、必有不能如意之苦。且眞情至理之所在、見之者已少、見之而能得其全體者尤少、見之而能表現於文字、圓滿無漏者、幾不可得。有之、必非全憑文字、乃其心營意造、成種種法、以彌補文字之缺、而能也。故文學家乃能造無限之法、用有限之工具、爲無限之自然寫照者也。

所謂有限之工具者、亦如數學家之數字也、無限之法者、其各種公式也。無限之自然者、其數理也。公式精則數理易明。求數理者、不可全憑數字、數字之功能、乃藉公式而顯。亦猶文字之功能、必藉方法而靈也。

古人所謂比興、皆文學之方法也。所謂言外之意、卽文字所不能表現之自然也。此不能表現之自然、藉比興而使人領悟無餘。故不必全表現之、而表現已全。此等處於詩詞中用之更多。且必如此而後能溫柔敦厚。故法之妙者、卽文字所能表現者亦有時祗表現其六七分。其餘二三分、或不必表現者、或不忍表現者、或不能表現者。然卽此六七分、已可使人領悟其未表現之二三分。所以抑制情感、歸於深厚也。故表現之功、在善用法。然則雖工具之能力有限、無傷於表現之功矣。（參看第四章第四節）

至於理之幽深者、自非一二語可盡。且往往有累千百語而不能盡者。蓋理境在圓、欲其各面無漏、必以巧善之法、面面寫到。卽記述事之繁多者、亦然。故屬於學識之文、貴在詳盡、而不可瑣碎。則亦須有法、法之精者、事理易明、而文字之用不至於窮。若夫禪家之彈指捧喝、不立語言、道家之大音希聲、忘言得意、則非文學之事。文學家固以語言妙天下者也。

第四章　文學與藝術

1　藝術之根本何在　文學爲藝術之一、此中西學者所同認。本論第一章謂其同出一源、尙不足以明此義。欲明此義、必先知藝術之根本何在。

藝術者、應人類精神上一種要求而成立者也。人類有求眞之要求、於是有哲學。有求善之要求、於是有倫理。有求美之要求、於是有藝術。故哲學以求智爲根本、倫理以合理爲根本、藝術以善感爲根本。哲學屬於智識、倫理屬於行爲、藝術屬於情感。智識、行爲、情感、爲人類精神上之作用、其施於思考方面、則名智識、施於動作方面、則名行爲、施於感應方面、則名情感。智識正確則眞、行爲適當則善、情感高尙則美。三者實異用而同體、故未可強爲區別。

是故眞善美之於人類也、實同圓而異其中心。人類之精神如一圓球、哲學家則執眞爲其中心而不可廢善與美、倫理學家則執善爲其中心而不可廢眞與美、藝術家則執美爲其中心而不可廢眞與善。特因其所執有異、遂覺倫理、哲學、藝術、於此三者各有輕重。且當其用功獨至之時、反似三者各不相謀、於是有藝術獨立論與藝術人生論之爭。不知執一爲中心者、注目之方向有專在、所以便於研究耳。儻眞有輕重、或眞不相謀、則不啻於人類精神上顯然分出三箇各異之物矣。如果各箇離異、則哲學、倫理、藝術皆不應成。故安諸德曰、"Beauty is truth seen from another side,"

再就他方面言之、善既屬之行爲。而行爲之中卽有智識與情感共同之作用存。此不啻謂善卽眞與美之共同作用也。而眞與美又卽理與情二者之別名。而至理至情、豈復有異。至理必不違至情、至情豈復背至理。故藝術之高者、情深者於其中見至情、爲理邃者於其中見至理焉。是又不啻謂眞卽美、美卽眞矣。故眞善美三者本不可分、而分之者、注目之點不同、以便於研究耳。知同不可分、則不至黨同伐異、入主出奴、知執可一、則用志不分、精神不亂。此又同圓而異其中心之一說也。

2　文學之美　文學既爲藝術、當然執美爲其中心。文學必如何始美、卽爲今所當論。文學之美、初在能自感、繼在能感人。能自感未必專屬於文學家、能感人則文學家之專責。自感者、觀察之功也。感人者、表現之事也。所謂觀察者、卽對於人情物態能了悟其因緣結果、判斷其是非善惡。蘊蓄於心、鬱鬱勃勃、既久且多、而後發洩之。所謂表現者、卽將心中所蘊蓄而欲發洩者、綜合而表曝之。前者屬於內、故或稱內美 [Internal beauty。後者屬於外、故或稱外美 External beauty。然內美必藉外美而彰、外美必資內美而成。兩者不容偏廢、亦不能偏廢。譬如一紙之二面、不可缺一、亦不能缺一。是故徒工練字鑄句、不足謂文。徒有思想情感、亦不足謂文。所謂文者、內外同符、表裏相發者也。劉彥和文心雕龍情采篇論此理最佳。彼所謂情、卽屬於內者。彼所謂采、卽屬於外者。今錄二節如下。

夫鉛黛所以飾容、而盼倩生於淑姿。文采所以飾言、而辯麗本於情性。故情者文之經、辭者理之緯。經正而後緯成、理定而後辭暢。此立文之本源也。

昔詩人什篇、爲情而造文。辭人賦頌、爲文而造情。何以明其然。蓋風雅之興、志思蓄憤、而吟咏情性、以諷其上。此爲情而造文也。諸子之徒、心非鬱陶、苟馳夸飾、鬻聲釣世。此爲文而造情也。故爲情者、要約而寫眞。爲文者、淫麗而煩濫。而後之作者、採濫忽眞、遠棄風雅、近師辭賦。故體情之製日疎、逐文之篇愈盛。故有志軒冕、而汎詠皋壤、心纏幾務、而虛述人外。眞宰弗存、翩其反矣。

蓋自感愈深、則感人愈強。觀察愈密、則表現愈難、以妙心運其審、以巧技御其難、自能成天下至美之文、亦卽彥和所稱爲情而造之文也。其所造出於眞宰、自非汎詠虛述之煩濫矣。

究之內美外美之說、亦強立之名。僅祇有其一、已不足稱美。今細加觀察、凡最美而可貴之文學、必具下列之四種工夫。

一　**道德與智慧**　常隱而不顯、常先而不後、卽文學家平日用以了悟與判斷者。（道德卽善、智慧卽眞、眞善與文學之關係如此、知此則前論更明。）

二　**情感**　自感與感人、先由作者之情、造文中之情、再以文中之情、感人之情。

三　**表現之法**　先選材料、次擇體製、再次工修辭。

四　**精神**　此卽上列三事之結合。昔人論文所謂氣象、神味、態度皆是。

以上四種、似有先後之層次、然而缺一、則其美不全。第一層當於下章專論之、今姑舉二三四說明之於後。

3 **文學與情感**　情感之於人、至難捉摸、而具無限之力、常可以致生死定安危、故至爲重要。蓋喜怒哀樂、乃有生所同具、特因有過與不及之分、遂不得不有調濟之具、使之歸於和平中正。藝術之功、卽在調濟人之情感。故奏破陣之樂、則可以作軍士尅敵之氣。觀普法戰圖、則可以振國民復恥之心。此調濟不及者之明証也。其調濟太過之情者、觀說苑所載魏文侯之事、與尸子論瑟之語可知。

說苑奉使篇曰、魏文侯封太子擊於中山、三年、舍人趙倉唐緤北犬奉晨鳧獻於文侯。文侯召倉唐而見之、曰、子之君何業。曰、業詩。文侯曰、於詩何好。曰、好晨風黍離。文侯自讀晨風曰、鴥彼晨風、鬱彼北林。未見君子、憂心欽欽。如何如何、忘我實多。曰、子之君以我忘之乎。倉唐曰、不敢。時思耳。文侯復讀黍離曰、彼黍離離、彼稷之苗。行邁靡靡、中心搖搖。知我者、謂我心憂、不知我者、謂我何求。悠悠蒼天、此何人哉。曰、子之君怨乎。倉唐曰、不敢。時思耳。文侯乃出少子摯封中山、而復太子擊。

尸子曰、夫瑟二十五絃、其僕人鼓之、則爲笑、賢者鼓之、欲樂則樂、欲悲則悲、雖有暴君、立爲之變。

故情感以道德智慧爲根基、則得其正。所謂喜怒哀樂發而皆中節、謂之和也。詩序謂變風發乎情、止乎禮義、孔子稱關雎樂而不淫、哀而不傷、又曰、詩三百、一言以蔽之曰、思無邪、皆言情感之得其正者。

文學之作、在能感化人。然必作者爲用情極眞摯之人、其所作之文、始有至情流露而使人讀之生感。英國十九世紀小說名家沙克雷 Thackeray 自言其敍鈕康太尉 Colonel Newcomes 之死、曾痛哭數日、此其自感深也。

其感人甚深者、如小說家迭更司 Dickens 著孝女耐兒傳 Old Curiosity shop 一書、敍耐兒 Little Nell 之事、頗感動讀書者。當其著後卷時、讀者恐耐兒之結果必至於死、爭投書與迭更司求其勿令耐兒得死之結果者、達數百人。可見其感人之深矣。

又如晉王裒讀詩至哀哀父母生我劬勞、必三復流涕。門人受業者、至爲之廢蓼莪之詩。又東坡謫惠州時、作蝶戀花詞曰、

花褪殘紅青杏小、燕子飛時、綠水人家遶。枝上柳綿吹又少、天涯何處無芳草。　牆裏鞦韆牆外道、牆外行人、牆裏佳人笑。笑漸不聞聲漸悄、多情卻被無情惱。

侍兒朝雲唱至第三句、淚滿衣襟。東坡詰其故、答曰、我所不能歌者、枝上柳綿吹又

少天涯何處無芳草也。東坡曰、我正悲秋、汝又傷春矣。又儒林瑣記載王士正七歲時讀詩燕燕于飛、悽感不已。凡此皆感人極深者。

由以上數事觀之、文學之美者、雖侍兒小童、皆能生感。雖其所感之事、未必定與作者相同。然作者之情悲、而感者之情亦悲、是文之佳者、能引人之同情、美之至矣。

4　**表現之法**　表現之事、乃心理之自然。蓋人心有所感、自以抒而出之爲快。至於抑鬱之情、尤必有所告訴、如得人之同情、亦可以自慰而減其愁苦。但表現於文字、必有方法、亦不可率然而成。因眞摯之情、冥渺之意、欲以能力有限之工具而傳達之、其事者亦非甚易。故表現約有三事、皆不可少者。

一、選材料、
二、擇體製、
三、工修詞。

選材料者、作者之情、必附麗於事物以現。此附麗之事物、即文中之材料。作者當未作之先、於其材料、必加選擇之功。如雍門周欲以琴諷孟嘗君、必歷叙勞人思婦孤臣孽子之事、必歷數貴賤生死變幻無常之理、而後能使孟嘗君一聞琴聲、卽悽然泣下、如亡國破家之人也。既作之時、又必須於錯綜交互之中、有一貫之條理、輕重多少之間、有均稱之銖兩、使人一覽而知其用意所在。此陸士衡文賦所謂一篇之警策也。

擇體製者、材料既選得、求所以位置之之具也。材料如水、體製如器。器方則水方、器圓則水圓。各適其宜、則水與器無傷、儻平常契約之事、而寫以比興之詩體、則契約必生糾紛。市井買賣之券、而書以典麗之賦體、則買賣必費解釋。顏之推家訓、譏當時文人作文不知體製。喜用典故、謂博士買驢書券三紙、未有驢字、以爲可笑。故材料安置不得適當之體、亦足使文章減色。昔人譏蘇子瞻詞如詩、秦少游詩如詞。詩詞之體微不同、尙不可隨意、足見辨體乃表現極要之事矣。

工修辭者、材料已得、體製已定、而能力有限之文字、往往使人有不足應用之苦。必至表現者與所表現者、不能錙銖相等、纖毫不遺。於是表現之事、乃生困難。文學家感此困難、於是有修辭之法。修辭之法、乃就文字之短處而利用之、卽以有限能力之文字用、成無限。故用字之功、爲文學家不可少之事。能講修辭之功、則少字可以表多意、常字可以言深情、一切可喜可愕之景、可歌可泣之事、皆可畢現、而幽深之情、亦躍躍紙上。故沈約稱司馬相如工爲形似之言、即修辭家所謂比方 simile、類狀 metaphor 也、劉彥和所謂夸飾、胡仔所謂激昂之言、即 Hyperbole 也。俞曲園所謂大名代小名、小名代大名、即 synecdoche 也。詳細條目見拙編修辭淺說。茲略舉古人所論數條於後。

胡仔苕溪漁隱叢話曰、激昂之語、蓋出於詩人之興。周餘黎民、靡有孑遺是也。激昂之言、孟子所謂不以文害辭、不以辭害志。初不可形迹考、然如此乃見一時之意。余游武侯廟、然後知古柏詩所謂柯如青銅根如石、信然。決不可改。此乃形似之語。霜皮溜雨四十圍、黛色參天二千尺。雲來氣接巫峽長、日出寒通雪山白。此激昂之語。不如此則不見柏之大也。文章固多端、警策往往在此兩體耳。

王充論衡曰、夫爲言不益、則美不足稱、爲文不渥、則事不足褒。（此所謂益與渥即夸飾之辭也。）

文心雕龍夸飾篇曰、神道難摹、精言不能追其極。形器易寫、壯辭可得喻其眞。才非短長、理自難易耳。故自天地以降、豫入聲貌、文辭所被、夸飾恒存。至如氣貌山海、體勢宮殿、嵯峨揭業、熠燿焜煌之狀光采煒煒而欲燃、聲貌岌岌其將動矣。莫不因夸以成狀、沿飾而得奇也。

至於情感之表現、尤貴能出之以含蓄。含蓄者抑制吾之哀樂使之鬱鬱勃勃而出、不欲徑情直行以合於詩人溫柔敦厚之旨。且自然力量雄厚、趣味深永。此西人所以謂一切藝術皆抑制一己情感 self-restraint in setiment 之事也。昔人有以將軍欲以巧服人、盤馬彎弓惜不發二語、借爲形容文學家行文蓄勢之狀者、可謂至妙。如以之喩文學家情感抑制之狀、似更眞切。蓋哀樂之情、必盡量宣洩則失溫柔敦厚之意。但所謂溫柔敦厚者、必至情至性之人、自能抑制、不使其過度、絕非矯揉造作之事。淺人不知、則不免裝模作樣、紆徐搖曳矣。此東施之效顰、邯鄲之學步、不但失眞、且反增醜也。山谷云、詩者人之性情也、非強諫於庭、怨詈於道、怒鄰罵坐之所爲也。此言深得風人之旨矣。

大抵文學的表現、必趣味深厚。而深厚之趣味、必使人於其所表現者之中、自能領略。故表現之法、有適當之限度、不及則人不能領略、即爲晦昧或不完全之表現、太過則更無領略之餘地、即爲淺露或單簡之表現。二者皆足使文學之美因之減作傳亦謂其好色而不淫、怨誹而不亂、雖與日月爭光可也。而班固則薄其露才揚己、競於羣小之中、怨恨懷王、譏刺椒蘭、苟欲求進、強非其人、不見容納、忿恚自沈、自虧其高明而損其清白。司馬光修通鑑、至不載屈原之行事。朱子則言楚辭不甚怨君。又曰、楚辭平易。洪興祖則曰、屈原之憂、憂國也、其樂、樂天也、（按楚辭之文、評者多稱其哀怨憂愁・洪云屈原樂天、乃從遠遊一章看出。）劉彥和則既謂其典誥、又稱其夸誕。此所謂智者見之謂之智、仁者見之謂之仁也。但須作者之精神、果於存文字之中、自有不容磨滅之處。

杜甫有秋興八首、乃感時傷事之作、故其情悲。而李白有詩云、我覺秋氣逸、誰言秋興悲。同是詩人、同處一代、而所見不同如此。蓋老杜憂時之心多、李白樂天之趣長也。人之讀古人作品、正與此同。但必能具有精神、而後可稱作品。亦如山水名勝處、必有一種山水之精神、可以使人覺之而生美感、然後賞玩者不窮也、

毛爾登 Moulton 謂批評文學作品之眞美、往往因作者創造之才 the creative faculty of the artist、與閱者鑑別之力 the percipience of the reader 有關而難明確。誠爲至論。王雱云、作文字易、識文字難。歐陽修嘗言、文章如精金美玉、市有

定價、不可以口舌爲優劣。其意蓋謂佳作本自有價、人不得妄肆譏評、卽一時不得知者、而日久必有定論。故古人有希賞音之人於千載之下、而不以一時之毀譽動其心者、豈亦如俗人之好名哉。劉勰知音一篇、尤慨乎其言之也。今錄於下。

文心雕龍知音篇曰、知音其難哉。音實難知、知實難逢。逢其知音、千載其一乎。…文情難鑒、誰曰易分。夫篇章雜沓、質文交加。知多偏好、人莫圓該。慷慨者逆聲而擊節、醞藉者見密而高蹈、浮慧者觀綺而躍心、愛奇者聞詭而驚聽。會己則嗟諷、異我則沮棄。各執一隅之解、欲擬萬端之變、所謂東向而望、不見西牆也。…夫綴文者情動而辭發、觀文者披文以入情。沿波討源、雖幽必顯。世遠莫見其面、覘文輒見其心。豈成篇之足深、患識照之自淺耳。夫志在山水、琴表其情。況形之筆端、理將焉匿。故心之照理、譬目之照形。目瞭則形無不分、心敏則理無不達。然而俗監之迷者、深廢淺售。此莊周所以笑折揚、宋玉所以傷白雪也。

6　**創造與摹倣**　創造之語、傳自西籍。英文爲create。英文poetry一字、源出希臘。其意爲有所造作something made、或創造or created。故西方聖經我等乃上帝所造之物一句、希臘原文爲We are God's poem。彼方釋此意謂我等乃上帝所造、上帝即宇宙之創造主。而詩人乃想像的宇宙之創造主 the creator of an imaginary universe 故同用一字。而想像 imaginary 一字、乃從 image 來。image 一字、又源出 imitari 訓為摹擬。是詩人之想像的宇宙、即摹擬上帝之宇宙而成。換言之、即創造生於摹倣。

上段所言、證以劉彥和之說益明。

> 文心雕龍原道篇曰、文之為德也大矣、天地並生者何哉。夫玄黃色雜、方圓體分、日月疊璧、以垂麗天之象、山川煥綺、以鋪地理之形、此蓋道之文也。（按此道字、即上帝之意。但儒家不同宗教、第一章可證。）仰觀吐曜、俯察含章、高卑定位、故兩儀既生矣。惟人參之、性靈所鍾、是謂三才、為五行之秀、人實天地之心、心生而言立、言立而文明、自然之道也。傍及萬品、動植皆文、龍鳳以藻繪呈瑞、虎豹以炳蔚凝姿、雲霞雕色、有踰畫工之妙、草木賁華、無待錦匠之奇、夫豈外飾、蓋自然耳。

彥和所謂仰觀俯察、傍及萬品、即文學家摹倣之事。謂人實天地之心生、與我等乃上帝之創造物、意同。蓋宇宙間形形色色、可美觀者、皆諧和 harmony、皆有條貫 unity。而諧和條貫之事、冥冥之中、似有主宰。此主宰者、宗教曰神、哲家曰道、科學家曰力。文學家曰自然。而諧和條貫、乃美術不可缺之德性。故西方學者、謂仰觀天、俯察、地中覽太空、皆有上帝未寫之詩存焉。"Whether we look upon earth or air or sky, we may be sure that the unwritten poetry of God is there."

人生最富於摹擬、故小兒喜自製玩物以像世間一切器具、有時且戲演戰爭、或慶賀之事、以學成人之舉止、蓋天性如是也。文學家之摹倣自然、亦正同此摹倣、既久、卽能了悟其原因、結果、判斷其善惡、是非、卽能熟悉其內容、深明其關係。於其盈虛消長之理、旣無所不知、然後可云創造。故小說家描寫之人物、一一如生、而實非眞事。特其因果關係、與眞相同、故人之讀小說者、往往無端哀樂、情不自勝。是小說雖幻而實眞、世間實眞而似幻、眞幻之分、至難定也。且有價值之文學、其中常寓至眞之理。故因果關係、雖倣之自然界、眞理之創造、當主於文學家。此創造之所以難能而可貴也。

但不知摹倣、卽於人情物態、探索不深。不深、則錯誤之見易生、而言之亦不能親切有味。不知創造、卽於人類精神無所供獻。無所供獻、則摹倣雖精而無益、不足盡切。

神思篇曰、若夫八體屢遷、功以學成。才力居中、肇自血氣。氣以實志、志以足言。吐納英華、莫非性情。是以賈生俊發、故文潔而體清、長卿傲誕、故理侈而辭溢、子雲沈寂、故志隱而味深、子政簡易、故趣昭而事博、孟堅雅懿。故裁密而思靡、平子淹通、故慮周而藻密、仲宣躁銳、故穎出而才果。公幹氣褊、故言壯而情駭、嗣宗俶儻、故響逸而調遠、叔夜儁俠、故興高而采烈、安仁輕敏、故鋒發而韻流、士衡矜重、故情繁而辭隱。觸類以推、表裏必符。豈非自然之恆資。才氣之大略哉、

屈原列傳曰、其文約、其辭微、其志潔、其行廉、其稱文小而其指極大、舉類邇而見義遠。其志潔、故其稱物芳。其行廉、故死而不容自疏。

王通中說事君篇曰、子謂荀悅、史乎史乎、謂陸機、文乎文乎、皆思過半矣。

子謂文士之行可見。謝靈運小人哉、其文傲、君子則謹。沈休文小人哉、其文冶、君子則典。鮑照、江淹、古之狷者也、其文急以怨。吳均、孔珪、古之狂者也、其文怪以怒。謝莊、王融、古之纖人也、其文碎。徐陵、庾信、古之夸人也、其文誕。或問孝綽兄弟、子曰、鄙人也、其文淫。或問湘東王兄弟、子曰、貪人也、其文繁。謝朓、淺人也、其文捷。江總、詭人也、其文虛。皆古之不利人也。

子謂顏延之、王儉、任昉、有君子之心焉、其文約以則。

他如司空圖著詩品廿四首、姚惜抱曾文正公論文分陽剛之美陰柔之美、則非專指某人之作品而言、乃泛論一切作品有如是等精神而已。姚曾所論、不免太拘。反足使人誤會。而詩品二十四、搆思鑄語設境甚奇、自是司空圖之作品、則頗有可觀也。

其品藻之目所以各異者、蓋人之性情不能分寸齊同、才與學不能毫釐無爽、常視其自養之何如。或才勝於學、或學優於才、或性厚於情、或情烈於性、或激於世、或限於時、或因於地。見道有深淺、經驗有貧富、識量有大小。千變萬化、不可規矩。如衆芳之苑、紅紫繽芬、羣玉之山、瓊琚錯落、故爲天下之鉅觀、人間之鴻寶也。

且作者之精神、固賴作者之性情才學與表現之法而見、亦須由讀者之性情才學與品藻之力而分。故讀者之心、必與作者之心相契合、然後得見其精神。得見其精神、然後可從而定其品藻之目。故論作品之精神、必不可不顧讀者。因讀者之觀念不同、其品藻遂大異。如屈原之離騷、太史公則稱其志廉行潔、文約辭微、淮南王色。文學家於此、殊費經營、而文學作品之優劣、卽於此分界。譬如工爲諧語者、必於趣味最深處截然而止、否則人之聽者、必疑其爲述一尋常故事、而不覺其可笑也。然使所說之事、無層次、無主要點、則亦足使趣味減少。我國評論文學者、論及此點、頗有精粹之語、今錄數條於後、以見一斑。（參看第三章第九節。）

文心雕龍隱秀篇曰、情在詞外曰隱、狀溢目前曰秀

梅聖俞曰、含不盡之意見於言外、狀難寫之景如在目前。

張戒歲寒堂詩話曰、國風云、愛而不見、搔首踟躕、瞻望弗及、佇立以泣、其詞婉、其意微、不迫不露、此其所以可貴也。古詩云、馨香盈懷袖、路遠莫致之。李太白云、皓齒終不發、芳心空自持、皆無愧於國風矣。杜牧之云、多情卻似總無情、惟覺尊前笑不成、意非不佳、然而詞意淺露、略無餘蘊。元白張籍、其病正在此。只知道得人心中事、而不知道盡則又淺露也。後來詩人能道人心中事者少爾、尚何無餘蘊之責哉。

以上三家之論、皆於表現之法、得其要領、發其精義矣。持此義以評論文學之工拙。無遁形矣。至於學識之文、則不厭詳盡、未可以含蘊爲工也。故文學之事、各有所

宜稍失其宜、皆足損其價値而失其功用。亦如夏宜葛而冬宜裘、未可變易、亦可未相非也。

5　精神 Spirit 一語、爲文學所最要。未作之時精神屬於作者。既作之後則精神附於作品。屬於作者之精神、乃作者之道德智慧情感所蘊結。屬於作品之精神、乃作者之道德智慧情感所發洩、故必兼表現之法。表現之法不工、則精神之發洩不顯。是故作品之精神、往往視表現之法工拙而分強弱。

古人謂文必可品藻 Taste 乃佳。柳子厚與楊京兆書云、

博如莊周、哀如屈原、奧如孟軻、壯如李斯、峻如馬遷、富如相如、明如賈誼、專如揚雄、

曾文正公日記云、偶思古文古詩最可學者、占八句云、

詩之節、　書之括、　孟之烈、　韓之越、
馬之咽、　莊之跌、　陶之潔、　杜之拙、

凡此種形容之字、乃從古人作品以見其精神也。文心雕龍神思篇、史記屈原列傳、司馬遷評屈原數語、及王通中說論文一段、於作品之精神與作者之關係、言之尤

文學之功能。蓋宇宙間之人情物態、至爲紛紜糅雜、必經文學家整齊陶鑄一番、而後其英華乃見。又必因文學家對於人類思有所指導、故將其英華爲之布置、爲之配合、爲之錯綜、以表現之、使至眞之理得緣此而供獻於人類、使人類得因此而獲得至眞之理、爲人類增幸福、而後文學之功能乃全。此文學家所以有預言家 Prophet 之號也。又文學家必能言一切人類所言、爲一切人之所爲、其喜怒哀樂、隨其書中之人而異、故又有洞燭隱微 omniscient 之稱。洞燭隱微、夫豈易事、亦極言其工於揣摩而已。

毛爾登教授言摹倣 imitation 一字、譯自希臘文之 mimesis、其義不儘含有與實際相彷彿 resemblance to reality 之意。且有勝於實際 other than reality 之意。故此字當合倣與造二意而言、然後其義始完全。然則英文 imitation 一字、當譯爲倣造。以倣字明摹擬之意、以造字表造設之功、遂與創造 create 一字尤爲相近。因果關係、本自然之法則、所爲文學家用自然之法則、以自爲、故必先熟其法則而後方能運用之。二者雖似相反、而適相成也。

吾國嘗言摹倣、則專指初學入門之事、初非有摹倣造化之意。究竟摹倣古人之文、與摹倣造化之文、不過範圍不同、而理實無二。即摹倣古人、亦不可徒襲其皮毛、而遺其精神。精神者、古人用心處也。知古人用心處、即得古人用法處。二者既無異同、則皆可以助創造之功。

曾子固曰、詩當使人一覽語盡而意有餘、乃古人用心處。

宋陳善捫蝨新話曰、東坡嘗教學者熟讀毛詩國風與離騷、曲折盡在是矣。黃魯直亦云、欲作楚辭、追配古人、直須熟讀楚辭、觀古人用意曲折處講學之、然後下筆。譬如巧女文繡妙一世、若作錦、必得錦機、乃能作錦。

古人論學文之語極多、然告初學無不以摹倣入門。又恐人之剽竊古人陳語、便以爲能摹倣、故又告以脫化方妙。究不如蘇黃之語親切。山谷於曲折上加用意二字、即子固所謂用心。山谷所謂錦機、即古人用法處。又釋惠洪冷齋夜話有奪胎換骨二法、即脫化之意也。由此二法、可以見古人用心之處。能見古人用心之處、然後可讀古人之文、而領其妙意。

冷齋夜話曰、山谷云詩意無窮、而人之才有限、以有限之才、追無窮之意、雖淵明少陵不得工也、然不易其意、而造其語、謂之換骨法。規摹其意、而形容之、謂之奪胎法。如鄭谷十日菊曰、自緣今日人心別、未必秋香一夜衰。此意甚佳、而病在氣不長。西漢文章雄深雅健者、其氣長故也。…所以荊公菊詩曰、千花萬卉彫零後、始見閑人把一枝。東坡則曰、萬事到頭終是夢、休休、明日黃花蝶也愁。又如李翰林詩曰、鳥飛不盡暮天碧。又曰、青天盡處沒孤鴻。然其病如前所論。山谷作登達觀臺詩曰、瘦藤拄到風煙上、乞與遊人眼界開。不知眼界開多少、白鳥去盡青天回。凡此之類、皆換骨法也。顧況詩曰、一別二十年、人堪幾回別。其詩簡拔而立意精確。舒王作與故人詩云、一日君家把酒杯、六年波浪與塵埃。不知烏石江邊路、到老相逢得幾回。樂天詩曰、臨風杪秋樹、對酒長年身、醉貌如紅葉、雖紅不是春。東坡南中作詩云、兒童誤喜朱顏在、一笑那知是酒紅。凡此之類、皆奪胎法也。學者不可不知。（按鳥飛不盡暮天碧句、係宋人郭祥正詩、想惠洪一時誤記。）

此二法、古人或出有心做用、或出偶然相同、雖不得知、然亦可見求古人用心處、當如此也。李長吉過華清宮詩曰、

蜀王無近信、泉上有芹芽。

注家謂其卽詩人黍離稷苗之意。此語亦可以示初學求古人用心處之法。究之長吉當日過華清宮、必親見泉上之芹芽、故隨景興感而作此句、未必先有古人黍離稷苗之意也。

大凡古人論詩文之語。多一時興到之言、或爲救一時流弊而設。後人當知分別、庶不致使古人蒙不白之寃、爲後人擔過。第三章所論言外之意一段、卽是此意。山谷曾有韓文杜詩無一字無來歷之語、乃言韓杜讀書多、自能運用成語 phrase 自道己意。蓋因其時之人作詩文、有意撏撦古人字句以爲能、不如韓杜之自然妙用也。後人誤會其言、遂謂韓杜字字皆有典故。不知韓愈曾言惟古於詞必己出、又曰惟陳言之務去。豈有自己作文反蹈襲前人之事、亦豈有推崇蹈襲前人之人之理。且觀元微之論杜甫一詩、則杜非蹈襲前人之意更明。微之之詩曰、

杜甫天才頗絕倫、每尋詩卷似情親。憐渠自道當時語、不著心源傍古人。

有來歷一語、可解爲下字不苟之謂。言情則確有此情、言景則確有此景。雖一字之微、亦不空設、必使與吾心目中之情景一一符合。詩文中之字句、卽從吾心目中

之情景而來。如此、則與假象客氣之語言、迥然不同。如此、則創造出於摹倣之理更明。因吾心目中之情景、卽自然之情景、卽造化之情景、欲表現此情景而下字苟且、則表現非虛僞卽不全。如此、則不害於用成語。如此、則絕不與蹈襲撏撦之徒相同。明謝茂秦西溟詩話、與楊升菴丹鉛總錄所論甚佳、附錄於下。

西溟詩話曰、詩有造物、一句不工、則一篇不純、是造物不完也。

丹鉛總錄曰、先輩言杜詩韓文無一字無來歷。余謂自古名家皆然、不獨杜韓兩公耳。劉勰云、灼灼狀桃花之鮮、依依盡楊柳之貌、喈喈逐黃鳥之聲、喓喓學鴻雁之響、雖復思經千載、將何以易奪。信哉其言、試以灼灼舍桃而移之他花、依依去楊柳而著之別樹、則不通矣。……本不用兵而曰戎馬豺虎、本不年邁而曰白髮衰遲、未有興亡之感而曰麋鹿姑蘇、試問之曰、不如此不似杜、是可笑也。

升菴此論得之矣。末段所論尤爲顯豁。凡其所譏、皆假象客氣之語言。非但傷美、且惡濫虛僞、文學之蟊賊也。

大抵古今佳作、莫不意由詞達、詞隨意遣、情從句見、句準情安。情景融會、詞句調適、則創造摹倣渾然難分、而美在其中矣。若專意創造、則勞而無功、專意摹倣、則雖工無益。無功無益、則彥和所謂煩濫之文也。文學至於煩濫、則不如博奕之事矣。藝術之事、豈若此哉。

第五章　文學與人生

1　**文學之眞用在增進人生**　第一章謂文學由感樂與慰苦二特性而成。還以供此二特性之用、又謂學識以感化爲英華、感化以學識爲根本、於文學與人生之關係、已得其大概。此章將進而申明之、以顯文學之眞用。

人生莫不顚倒於苦樂之中、能超然於其外者、實不易見。苦則悲生、樂則喜發。悲喜之來、若環無端。然樂嘗先苦、孩提之童、嬉戲之時、多於成人。故苦樂二名、雖似對舉、實有後先。然則謂文學之成、原於感樂與慰苦者、不如謂其原於感樂之更確也。

苦樂生於比較、比較生於分別、分別原於知覺。故成人所知日多、分別比較之力愈強、而物並不齊、不及者求及、欲至難滿、已得者求多。於是感苦漸多、而趨樂避苦之心、又凡人所同。於是因趨避而生是非、是非之間、又至無准的。於是苦樂遂能顚倒人生。文學者、閔人生之顚倒、思有以增進其樂於無窮也。故慰苦尚非文學至極之用。然則謂文學還以供感樂與慰苦之用者、不如謂其爲人生求樂之更眞也。

體育家因兒童好嬉戲之心理、而設遊戲體育以利導之、使樂從而益在其中。文學家欲增進人生之樂、亦因人生好嬉戲之性而利用之、使之同入於高尙之境而不自知也。

2　**文學與道德智慧**　人生莫不有思、所思合理、即爲道德。能思合理、即爲智慧。換言之、即所思者善、能思者眞。再換言之、所思者眞卽善、能思者善卽眞。眞善齊同、則美。文學者具能思眞之才、所思者善、而供獻其眞善於人生以文學之美也。故眞與善者、文學家之學識也。具此學識、不欲正言質言以強聒於人、而以巧妙之法、用文字感化人。不欲空言抽象之理於人、而以具體的表現、使人自領悟。故文學家不可無道德與智慧、而純正文學非質言道德與智慧之事也。英國詩人華次華斯 Wordsworth 有言曰、詩乃一切學識之呼吸、一切學識之較微妙的精神也。the breath and finer spirit of all knowledge 卽學識以感化爲英華也。

安諾德著詩之硏究 The stuby of Poetry 有曰、詩者人類之精神將由之以求安住者也。其論詩如此。故謂詩爲人生之批評。而此項批評、卽一准於詩的眞與詩的美之法則、其論人生能否得安住也、則仍視批評人生之力強弱爲准。其論批評人生之力強弱與否也、則又視詩中所載者果美之勝於不美者多少、善之勝於不善者多少、眞之勝於不眞者又多少以爲斷。原文如下。

"In poetry, as a criticism of life under the conditions fixed for such a criticism by the laws of poetic truth and poetic beauty, the spirit of our race will find its consolation and stay, but the consolation and stay will be of power in proportion to the power of the criticism of life, and the criticism of life will be of power in proportion as the poetry conveying it is excellent rather than inferior, sound rather than unsound or half-sound, true rather than untrue or half-true,"

我國文學、因歷代尊經之故、多以善爲根本、（詳見第六章。）不免偏重事理而少情趣。揚雄壯年、悔其少作、爲雕蟲小技、而摹易以作太玄、摹論語以作法言、摹爾雅以作方言、後世昌黎韓愈、遂比之於荀孟。他如眞西山選文章正宗、尤重道德、謂立言必關世教。程子論文、直以爲文爲玩物。蓋其時理學盛倡、文學亦受其影響、又於學識文學與感化文學二者辨之未明、故詩歌亦以之爲議事說理之用。雖意在側重人生、而有傷藝術矣。且以詩爲議論之具、既於詩義有傷、又足以召禍、苕溪漁隱叢話中有烏臺詩案一卷、詩禍之著者也。又如周密齊東野語載宋政和中詩禁一事則且著爲法令、爲之者有杖一百之罰、亦文學史中一奇事也。

真西山曰、古今人詩吟諷弔古多矣、斷煙平蕪、凄風澹月、荒寒蕭瑟之狀、讀者往往慨然以思。工則工矣、而於世道未云補也。

程子論文曰、凡爲文不專意則不工、若專意則志局於此、又安能與天地同其大也。書曰翫物喪志。爲文亦翫物也。……古之學者惟務養性情、其他則不學。今爲文者專務章句、悅人耳目。既務悅人、非俳優而何。

又曰、人見六經、便以爲聖人亦作文。不知聖人亦攄發胸中所蘊、自成文耳。所謂有德者必有言也。

西山程子之意、原非盡誤、但皆不免偏重事理。蓋徒吟弄風月、無關人生、則章句雖工、亦非文學是矣。惟補世道而一出於議論、自可作論理論事之文、不必以詩作議論之具也。清代重考據、遂有人以詩作考據文者、亦誤也。且詩之爲體、重在感化、自以能使人慨然以思、能悅人耳目爲妙。謂之害道翫物、亦非正論。惟聖人亦攄發胸中所蘊一語、頗有道理。

然亦祇說得一半工夫。於如何方能攄發胸中所蘊、及胸中所蘊者如何方能入人甚深之處、未及言之、故祇得一半工夫也。

但文章正宗序論詩賦又有一節、極合感化文學之義。

文章正宗序曰、此編以明義理爲主、後世之詩、其有之乎。曰、三百五篇有正言義理者、蓋無幾、而諷詠之間、悠然得其性情之正、卽所謂義理也。

又朱子於此、亦卓然有見。

朱子曰、見道語經濟語、惟於旁見側出、忽然露出乃妙。或卽古人指點、或卽事指點、或卽物指點、愈不倫不類、愈遠妙不測。

西山謂諷詠之間、悠然得其性情之正、卽所謂義理也。朱子主卽古人指點、卽事卽物指點、愈不倫不類、愈遠妙不測。皆合於詩人比興之旨。其非質實發議論可知。但其時世風既重理學、而文章又主明道、沿流之士、遂謂專論道德者爲文之正宗、而吟詠之事、亦爲議論之具、比興之旨不明、而意味索然矣。近人方植之昭昧詹言論詩數語、與曾文正致吳南屏書、亦於此理有所論及。

方曰、詩不可鑿理趣固也。然使非義豐理當、隨事得理、灼然見作詩之意、何以合於興觀羣怨、足以感人、而使千載下誦者、流連諷詠而不置也。

曾曰、國藩嘗好讀陶公及韋白蘇陸閒適之詩、觀其博攬物態、逸趣橫生、栩栩焉神愉而體輕、令人欲棄百事而從之遊、而惜古文家少此恬適之一種。獨柳子厚山水記、破空而遊、並物我而納諸大適之域、非他所可及。

據以上各說觀之、側重道德、固有傷情趣、即高談玄理、亦非感化文學之事。我國文學家、亦有此病。故鍾嶸詩品謂永嘉時貴黃老、尙虛談、於時篇什理過其辭、淡乎寡味。又嚴羽滄浪詩話中詩辨一條、亦論及此事、今錄於後。

夫詩有別材、非關書也。詩有別趣、非關理也。然非多讀書、多窮理、則不能極其致。所謂不涉理路、不落言筌者、上也。詩者、吟詠情性也。盛唐諸人、惟在興趣、羚羊掛角、無跡可求。故其妙處、透徹玲瓏、不可湊泊、如空中之音、相中之色、水中之月、鏡中之象、言有盡而意無窮。近代諸公、乃作奇特解會、遂以文字爲詩、以才學爲詩、以議論爲詩。夫豈不工、終非古人之詩也。蓋於一唱三嘆之音、有所歉焉。

後世以詩直談佛理者、與永嘉之代喜用黃老、其病相等。滄浪所以痛斥以文字才學議論爲詩者、蓋有見於此耳。後見劉仕義新知錄、駁滄浪非關理之說、有至可笑者。

新知錄曰、都穆咏節婦詩曰、白髮眞心在、青鐙淚眼枯。沈石田以爲詩則佳矣、有一字未穩。禮經曰、寡婦不夜哭。鐙字宜改作春字。此見詩之用字、當主於理矣。

此君解詩如此、是未知滄浪之意者矣。且鐙字改作春字、殊覺拙鈍。使讀張籍節婦吟、不知又當如何也。

總之古人不可謂無知感化文學、非質談哲理直論道德者、特言者不能詳盡、則聞者易生曲解。逆求古人之意、蓋以文學之妙、要在學者自己體驗出來、方爲有益。此事自關學力、學力未充、雖與之言、亦難悟入、若強以語人、則與嚼飯哺人何異。故古人論文、往往微啟其端、造詣深者、言下自能領略也。今欲認明文學之界限、以便推廣其功能、立言自不得不明晰、未可便謂古人定遜今人也。

3 **文學所表現者必爲具體的。** 文學欲增進人生之樂、必有見於現在之人生有未樂也、見有未樂、而據我所見者以告人、則人亦覺其不樂而已。其或能激而改之與否、不得知也。其或因而厭之與否、亦不得知也。據我所見者明言其原因結果以告人、則人之亦有所見者、信而從我而已。人之無所見者、則或疑而不從我、或且以我所告者爲難知、而不可必、反輕而棄之。亦不可知也。故必就現有之人生中、將其因果關係抽出而綜合之、以表現於人、使其儼如實有、則人自能篤信之。不但篤信之、且樂觀之。不但樂觀之、且若身入其中、悲喜哀樂不能自已。文學至此、可謂得人之同情矣。

所謂抽出而綜合之者、即前章所論表現之法也。表現之時、固不必純同實際、亦須順其因果之關係、不可有所遺漏。雖抒寫人情顚倒之狀、亦當因其自然之勢、明其隱微之處、自能使人閱之無端哀樂矣。如讀陳陶隴西行曰、

誓掃匈奴不顧身、五千貂錦喪胡塵。可憐無定河邊骨、猶是春閨夢裏人。

則戰爭之無人道、與軍人妻室可憐之狀、如在目前、令人讀之惻然不忍。又如杜甫兵車行、新婚別、垂老別、石壕吏等詩、處處可見戰爭關係之大。較之質言不可戰爭之理者、尤易動人。此具體表現其關係之說也。抒寫人情之佳者、如杜甫聞官軍收

河南河北一詩曰、

劍外忽傳收薊北、初聞涕淚滿衣裳。卻看妻子愁何在、漫卷詩書喜欲狂、白日放歌須縱酒。青春作伴好還鄉。卽從巴峽穿巫峽、便下襄陽向洛陽。

此詩之中、喜笑哀樂之情、有一時俱幷之狀。而避亂異地、得歸故鄉之心、更躍躍紙上。蓋當日官軍久戰無功、一旦忽聞大捷、喜極而悲、亦人情之常。及還顧妻子俱存、不覺愁思頓減。況詩書可卷、而還鄉可期、能不喜動顏色。故下四句卽極言歸時之景、與歸途之速也。

又如讀孔雀東南飛一詩、而仲卿之心神恍惚、蘭芝之情意纏緜、以及姑之惡、母之慈、兄之暴、媒之巧言、一一畢肖、故雖千載之下、猶爲之唏噓嘆息也。陳繼儒謂屈原莊周、皆哀樂過人者也。哀樂之極、笑啼無端、笑啼之極、言語無端。凡此皆能得其自然之勢、明其隱微之處者也。必如此、然後可以得人之同情、

但文學非以得人同情爲歸宿 end 也。文學以增進人生於優美高尙之境爲歸宿、以得人同情爲達到此歸宿之方策 mean 也。故常據觀察所得自然之法則、本

一己之學識苦心孤詣創造較高之人生、可以實現於人世者、亦以能引起人之同情爲上。使人因感而羨、因羨而效、自然歡欣鼓舞以樂之、然後感化之力量 power 乃大。故感化之文曰 Lierature of power 也。故安諾德謂批評人生之力、視其詩所載者之眞善美多少爲限也。

蓋表現實際之人生、與表現創造之人生、其難相等。能觀察實際之人生甚深切、則表現甚著明。能深切觀察實際、卽能悉其自然之法則。能熟悉其自然之法則、卽不難用其法則以自爲。能用其法則以自爲、卽能創造。作者之學識高、卽能創造高尙之人生。其事如連環、如貫珠、不容更分難易也。

4 文學所表現之人生爲揀擇的。 文學家無論表現實際之人生、或創造理想之人生、必加以揀擇。揀擇者、非如攝影之鏡一切皆現之謂也、乃揀擇其關係重大而有價値者之謂也。換言之、卽存其精華而已。故毛爾登曰、揀擇 Selection 云者、非於此萬有中取彼棄此之義也、乃實際中一切所有、一成爲美術、必經過美術家提淨 Purification 之功之義也。譬如濾 filter 水、淸潔者存、穢濁者去而已。故雖實際之事事物物、一入文學家之心而出於其手、則渣滓都除、而精華愈茂也。

故如實描寫人生、尚不足以極文學之能事。但欲創造高尚之人生、而離實際甚遠、又吐棄自然之法則、則人必難表同情。故必能深入自然以觀察其因果關係、而後寓眞善美於中、以創造之、則人易感動。故劉勰文心雕龍神思篇曰、

> 神居胸臆、而志氣統其關鍵。物沿耳目、而辭令管其樞機。樞機方通、則物無隱貌。關鍵將塞、則神有遯心。是以陶鈞文思、貴在虛靜。疏瀹五藏、澡雪精神、積學以儲寶、酌理以富才、研閱以窮照、馴致以懌辭。然後使玄解之宰、尋聲律而定墨、獨照之匠、闚意象而運斤。

他如張戒謂元白張籍王建專以道得人人心中事爲工、沙士比亞Shakespeare自言其生平能言帝王以至乞丐之言、能思帝王以至乞丐之思、可見文學家對于人情物態、體貼之入微矣。此古人所謂體物也。體物之妙、美術所同。觀王楙野客叢書及賀裳皺水軒詞筌所載二事可知。

> 野客叢書曰、曾雲巢畫草蟲、予問何所傳。笑曰、某自少時、取草蟲籠而觀之、窮晝夜不厭、又恐其神之不完也、復就草地間觀之、於是始得其天方。其落筆之際、不知我之爲草蟲、草蟲之爲我也。此與造

物生物之機緘、蓋無以異。豈有可傳之法哉。

詞筌曰、稗史稱韓幹畫馬、人入其齋、見幹身作馬形、凝思之極、理或然也。作詩文亦必如此始工。

此雖體物之功、與文學家視察人生之事正同。但文學家更於人生中寓以增進之心、故可貴耳。

5　**近世文學上之兩大派**　一切學術由含糊缺略武斷、而漸趨明晰完全正確、第一章已言之。其所以能成此趨勢者、則科學發明之影響也。西方自科學發明以來、受攻擊最力者、首爲宗教、其次則哲學與文學。古典主義 Classicism 一派、夙爲文學之正宗。其要旨在注重中庸之道德、推崇高尙之理性、專寫恒常普遍之人情、而一歸於純正。自十八世紀以還、久爲浪漫主義 Romanticism 一派所攻擊。其勢漸衰。而浪漫派務破除規律、表現自我、任意造作、一切弔詭荒誕之事、使人耳目震眩、情思動蕩、而不切於人生。雖自命求美、而不免違眞。又適當十九世紀中葉、科學大明、風尙求實。故寫實主義、隨時崛起、代之而興。寫實派好如實描寫、以爲得眞、未幾遂流爲自然主義 Naturalism。此派視人如物、故謂人之德智情感及行爲、純爲遺傳與環境所支配、其說迄今猶存、然其弊至十九世紀之末已極。故其時又有倡新浪漫主義 Neo-romanticism 者。此派所主、或寫雄奇險怪之事實、或模幽渺淡遠之詩思、蓋亦前二者之反動也。此外又有主張人文道德、謀古典主義文學之復興者。此二派雖旨趣不同、而其欲脫自然主義之羈絆則一也。要之十八世紀、古典主義衰而浪漫主義代興之時也。十九世紀、則浪漫主義由盛而衰、而自然主義與寫實主義稱霸之時也。今日則後二派又成強弩之末矣。此後之趨勢若何、則尚未易言也。

然而或有視自然主義即寫實主義之別派、而變本加厲者、是則近世文學實以此二派爲其主幹、而此二派在昔則互爲消長、在今則漸相融洽、此一轉變、間或即後來趨勢之所由成也。今試就其所由轉變之故而論之如下。

兩派之所以有消長者、即視學識與情感爲二、而各執其一端以爲文學之基礎、故有牴牾也。執學識者、尊實際、重客觀、執情感者、崇想像、尙主觀。蓋人生宇宙之中、名我以外者爲物、遂覺我與物爲二、而我優於物。及其知身與物不別、遂謂物我一源、而物不劣於我。一則曰、知物者我也。一則曰、知物者、亦物也。物我之間、若有界、若無界、究不易明、故妄生分別、此所以互爲消長也。

兩派之所以能融洽者、即綜知學識與情感相爲表裏、而不容偏廢。知文學所關爲全體、而非部分、不可妄生分別。且文學非主分別之事也。知想像雖實際不生、實際非想像不成。客觀者、主觀之證驗也。且兩派之中、原有相同一點。此相同之點爲何、即文學之眞用所存、亦即文學所歸宿之處也。文學所歸宿者、增進人生之至樂而已。

以上所論、二派同異之事也。其長短亦有可言者。學者必先知其長短、而後能取捨得當。取捨得當、而後能所學日新。故不知取捨、而唯以崇尊或攻訐爲務者、亂世小人之所爲、非好學之士所應有也。此後文學之趨勢、雖不可知、要不外捨二派之所短而發揮其所長而已。我國自海通以來、學術漸有受世界影響之勢。然則此二派之短長、亦吾人今日所當明辨而愼擇者矣。

6　漫漫派之長短　不滿足現在之人生、而想像一滿足之人生、欲以之引起世人之觀感、或取畸行偉蹟、穠情壯采、足以動人欣羨者而讚美之、使人競相倣效、超俗絕累者、浪漫派之所長也。此派與我國詩人之旨相合、即陳古以諷今、或指物以寓勸戒也。

其末流遂有二短。

一、空虛的　浪漫派不滿意於現代之人生、遂輕視之、常冥思遐想以追慕古人、或且搆爲奇異之境、詼詭之言、其用意在以隱寓現代人生有不滿足、故描寫一種人生、以爲此理之所當然、與勢之所可至耳。to show us how life might be or ought to be, 末流遂重想像而輕實際、實際之觀察本難、復離而遠之、則空虛而不切於事情矣。

二、放蕩的　浪漫派所寫多古時高貴之人及娛樂之事、加以恣情描畫、雖意主勸戒、而人常忽略其勸戒之處、而注目其娛樂之事。於是人之聰明者、必將視人間之疾苦不足以動其心。而鈍拙者、又疑人間絕無疾苦之事。二者皆足令人放蕩自嬉、亦非文學之眞義也。

大抵此派之長、在以情閱物、在求超脫實際之疾苦、趨重想像之娛樂。其弊、在玩世而不切於人生。我國六朝之文人、感於世亂相尋、於是不遁於莊卽遁於佛、其詩文皆空虛放蕩之作、與此派相近矣。

7　寫實派之長短　不滿足現在之人生而表現其不滿足處、本其觀察與經驗所及而描繪逼眞、不稍諱飾、不參成見而能得事物之眞相者、寫實派之所長也。其影響或足以警起世人、使知社會之罪惡與人生之疾苦、因而謀改進補救之策。然此派作者、其初固未計及此點也。

其末流之短亦有二。

一、片段的　宇宙至大、人類至不齊、其間因果又至紛雜。故社會之內、惡與善常並存。寫實派徒見其惡、不觀其全、則所得之人生常屬片段的。蓋此派本科學之法以爲文學、而科學者、從事部分以求全體之事也。其事至難、但因所事爲物質、又經無數精密之實驗、然後可集無數部分之眞理、而假定爲全體之眞理、所以示鄭重而避武斷也。今文學亦用此法以觀人生、則其結果必至忽畧全體、或以片段的觀察、武斷全體。甚且湊合無數片段以爲全體、而實非全體。蓋人生之難知、甚於物質也。

二、頹喪的　社會之中、大抵善多惡少。然稱善行者平淡而無奇、述惡蹟者詭譎而動聽。寫實派作者既欲窮形盡相、故不惜專繪人生之疾苦與社會之罪惡。讀之者易爲其所淆惑、於是視世間如水火。等人類如鬼蜮。因之志氣薄弱者生厭惡之心、情感強烈者發憤恨之氣。而其極必至於頹喪萎靡、雖有傷文學之眞義而不顧矣。

大抵此派之長、在以知綜事、務求表現實際之人生、而不一一爲之選擇。其弊在使人自念無法解脫環境、而悲觀厭世、不知其所寫者實人生之片段、似眞而非眞也。又其法嚴酷而少情趣、我國小說如水滸紅樓、其中寫實之部分。雖藝術甚工、而讀者易流爲厭世、即此故也。

總而言之、兩派求眞求美之心、初本相同。但一則毗於知識一則毗於情思。毗於知識者、嫉惡之念多、故言之不患其深切著明。毗於情思者、求美之心切、故言之不患其藻飾逾分。各執一端、而相輔爲用、亦相反者必相成之理也。但毗於知識者、以知察事、則所知須求其全。毗於情思者、以情閱物、則所感必歸於正。而知全情正、實非易事、故各有其短。於是求眞而失眞、求美而傷美、要皆作者之罪、非文學之過也。明夫此、則其牴牾之處可解、而所以融洽之道可知矣。

8 **文學家異於常人者何在** 文學之歸宿既如是之重要、其影響常及於全人類、必其心思耳目有異於常人、而聰明天賦、方足以副此任、換言之、即文學家異於常人也。然則其所異何在。世之論文學家之才者、曰其目所見、其耳所聞、皆非常人所能見能聞也、其覺速而感深也。此皆就其已然而言、未足深信。其所以然者有二、曰專、曰熟。

專之喩、如紀昌之學射、列子湯問篇。懸蝨於牖、視之三年、大如車輪、乃以燕角之弧、朔蓬之簳射蝨、中心而懸不絕。

熟之喩、如庖丁之解牛、莊子養生主。三年之後、未見全牛、批郤導窾、官止神行、解數千牛而刃若新發。

今宇宙之內、錯綜糾紛、而因果自然、法則不亂。常人於此、見其錯綜糾紛、遂因而迷惑顛倒，故不但不能得其條貫，判其是非，且將因之而生疾苦。文學家從事於觀察獨專，故能於千萬因果之中，一一尋源而究委，又因用力既久，自然界之法則既已習知，自能運用如神，而取攜任意。古人所謂思之思之，鬼神將告之者，蓋此意也。且宇宙之中，無非至文，在人之自得與否。大抵常人忽略之處，文學家偶然得之，便成佳作，不必見人所不能見，聞人所不能聞也。所謂常人忽略之處者，人情物態皆有之。故張戒歲寒堂詩話曰，

王介甫只知巧語之爲詩，而不知拙語亦詩也。山谷只知奇語之爲詩，而不知常語亦詩也。歐陽公專以快意爲主，蘇端明專以刻意爲工，李義山詩只知有金玉龍鳳，杜牧之詩只知有綺羅脂粉，李長吉詩只知有花草蜂蝶，而不知世間一切皆詩也。惟杜子美則不然，在山林則山林，在廊廟則廊廟，遇巧則巧，遇拙則拙，遇奇則奇，遇俗則俗，或放或收，或新或舊，一切事一切意，無非詩者。故曰吟多意有餘。（復愁十二首）又曰，詩盡人間興。（西閣二首）誠哉是言。

張主尊杜，其評各家，雖不免太過，然謂一切皆詩，卻有至理。（此語與我國近來淺人所言、詩話同意別、不可誤會。）又苕溪漁隱叢話及冷齋夜話所載歐公及山谷語尤妙。

漁隱叢話曰、東坡云、昔對歐公誦文與可詩云、美人卻扇坐、羞落庭下花。秦王卷衣曲。公曰、此非與可語、世間原有此句、與可拾得。

冷齋夜話曰、山谷云、天下清景、初不擇賢愚而與之遇、然吾特疑端為我輩設。

歐公所謂拾得一語最妙、但能拾得、便異常人。假使宇宙之中千萬因果、各各聯貫、如屋宇器具、位置分明、則雖常人亦易判其美惡、不勞文學家拾出告人矣。惟其因果關係、各有顯隱、遲速、簡單、煩複之不同。而顯隱、遲速、簡單、煩複者、又各各錯綜有太空之中、絕非一覽可知。文學家獨能將其關係一一拾出、令其首尾連貫、輕重均稱、而後表現於人。故雖平日未嘗留心及此者、苟稍一注意、亦不難領悟。非強盲者以分黑白、強聾者以別宮商也。故韓淲題姜白石昔遊詩曰、

人間勝處貴著眼、雖有此與無由逢。

歐公之拾得、蓋由於能著眼。否則清景滿前、亦熟視無覩矣。

至於拾出其關係者、如李長吉過華清宮詩曰、

蜀王無近信、泉上有芹芽。

因泉上之芹芽、與蜀王（指玄宗幸蜀事）有關係、故拾出而綜合之、於是凡曾閱唐史者讀之、即可悟及玄宗致禍之由、與盛衰無常之理、而生感慨。又如劉禹錫烏衣巷詩曰、

朱雀橋邊野草花、烏衣巷口夕陽斜。舊時王謝堂前燕、飛入尋常百姓家。

此因燕與王謝有關係也。又古樂府有曰、

今日牛羊上邱隴、當時近前面發紅。

此因邱隴中之骨、有關於豪貴家之人、而以今則牛羊可上、昔則人亦不可得近、兩意綜合、以見富貴不可恃之理。凡此皆人人眼前之事、乃一入文學家之目、則其關係了然、故不覺其言之感人也。

9　**文學作品之價值**　文學之歸宿如是之重大、則其價值之貴可知矣。然文學價值雖貴、而文學作品之價值、常因作者之學識情感與表現之法而生優劣。蓋三者至難齊同、苟嚴格以求、則優劣立見。雖人生有求絕對的眞善美之心、而絕對的眞善美終不必得、故優劣不得不生於比較。

世人定比較之標準、常因時方爲變遷。惟能超時方而絕對的眞善美不可必得、

一一三

故文學之價值又因時方之變遷而分久暫。

然易變者事理、難遷者人情。事理之所知、常以世改國別而不同。人情之所感、則雖時殊地異而多類。故忠臣之傳、不重於今人、而愛情之什、則流美於中土。董賈之策、不出於國境、而元白之詩、則價重於雞林。此等作品、價値雖有久暫之分、而優劣未可以並論、其性質原不相同也。

所可優劣者、或同屬學識之文、則據其學識之孰全、表現之孰巧以判之。或同屬感化之文、則觀其情感之孰正、表現之孰精以判之。大抵理較全、情較正、而表現復精巧者、其傳世亦較廣大而悠久也。

第六章　研究我國文學應注意者何在

1　研究我國文化之重要及困難　大凡一種民族生存於世界既久、又不甚與他民族相接觸則其文化自具一種特性。及其與他民族接觸之時、其固有之文化必與新來之文化始而彼此牴牾、繼而各有消長、終而互相影響而融合爲一。歐洲各國成例甚多。故毛爾登謂希臘與希伯來爲彼方父母文化。the Hellenic and the Hebraic are our parent civilizations 蓋西方文化由此二民族之文化結合而成。其科學政治哲學則得之希臘、而宗教之精神則希伯來之所影響也。

但當兩種文化接觸之時、此兩種文化僅有異同而無優劣則其消長之間有一定之理、卽能適宜與否而已。適宜者必安而日長。不宜者必危而日消。若一民族爲學術荒落、政治紊亂之時、其固有之文化衰弱、而特性亦隱晦、則當其與新來之文化接觸之際、必呈驚疑懊喪之狀。於是不盡棄其所有以從人、必保守殘缺而不變、卒至皇皇然無所適從。若兩民族之文化相差甚遠、亦不易收良好之結果而消長之時必失其平。失其平則非融合而爲強佔。強佔者、新文化挾其勢而來、未必與固有之特性相安、且嘗抑屈之、馴至喪失而不能自見。如此、則新來之文化亦無新質料之吸收、但保持其故態而已、是爲文化之大損失也。

我國立國東亞、東南環海、西北則高山廣漠、與他民族相接觸者、其文化多下於我。惟印度文化於東漢明帝時始入我國、至六朝而大盛、其時莊老之學早倡、儒術已退黜、於是與莊老之徒互爲消長。至唐代之初、玄奘西歸、大譯經典、致正舊說、而我國思想爲之一變。文學亦稱極盛、而繪畫彫刻之術以精。但儒家尤多鄙夷之者。直至宋儒復修經學、其中豪傑之士、大都深研佛理、故其見道之精微、論理之透澈、實遠出唐代經學家之上、乃眞能融合者也。然則印度文化裨益我國、實在我固有之文化大明之時矣。其間消息雖微、亦不難尋得。觀朱子語錄曰、

近來人被佛家說一般大話、他便做這般底話去敵他。別人不曉禪、便被他謾。某卻曉得禪、所以被某看破了。

觀朱子此語、可見當時學術界之情形矣。

自宋以來、遼金元清先後入主中國、雖其武力甚強、而文化皆下於我。至近世東

西交通、不幸當清末政治昏亂、學術不修之時、我固有之文化亦呈衰退之象、故始則驚疑、繼乃懊喪、未有能深研洞悉取長補短如宋人者。年來雖國粹國故之說嘗聞於耳、而其所謂國粹究未必便粹、其所謂國故又故而不粹、故亦無甚影響。此則時會未至、非一二人之力所能爲也。假以歲月、或有可觀耳。

文學者民族精神之所表現、文化之總相也、故嘗因文化之特性而異。今欲研究我國文學、不可不知我國文化之特性、故文化之研究至爲重要。

至其困難之處、則不待煩言而解。以我國歷史之悠久、著述之衆多、派別之紛繁、而無統系紀載、正確批評之書、一也。歷代社會之狀況、政治之影響、學說之變遷、外力之接觸、無不與文化有直接之關係、而此類之書今亦絕少佳著、二也。求之古人著述、則皆散入羣編、而四部之目、浩如烟海、國家既無特設之學會、一二識者縱欲從事搜討、又多心長力短、三也。加以世變日亟、知新已難、欲收融合之益、絕非得其零珠片玉、卽可以自炫者、亦非見其殘羹剩汁、遂因而自餒者、必須有眞知確見、然後可以擷其菁華、一新面目、而如此之才、尙不多見、四也。有此四難、於是研究我國文化、遂異說蠭起、甚可惜也。

至於近日之咎我國文化者、或病其靜止、或詈其籠統、或且謂其無用、欲拉雜而摧燒之。而美之者、又稱其富獨立之精神、秉中和之德性、（按近人之說、散在各雜誌、不必遍舉。）衆喙聚訟、莫衷一是。本章特就其直接影響文學之端尋討、不及廣說、亦不欲張大其詞、務求明其眞相、以便知所去取。

他如外人之論我國文化者、亦得失相等。就中有兩種議論、爲國人所當注意者。今畧著數語於此、聞者不必以爲憤、亦不必以爲喜可也。

一、日人常言我國不振、亞東文化。今惟賴彼代表、近更取得亞洲一等國之尊稱、尤必名實相副、故其國人漸知注重東亞文化。其論我國學術思想之書、亦日見其多。此國人當注意者也。雖學問之道、天下爲公、然他人言之、終多隔膜、不如我自言之親切正確。一有遺誤、亦學問界之不幸也。況我國陵夷、舉世久以半開化之民相待、若不起而自爲、何以忝顏當世。此晉國詩人所以沈痛陳詞、而作山有樞之詩也。

二、西方學者政客遊歷我國、莫不以東方文化可以調濟西方、將來必有大貢獻於世界之語、爲貢諛之用。十餘年前、國人亦有倡東學西漸之說者、徒以言多不經、久爲世笑、故無敢復道者。近來此說又萌、則其見解已遠出前人矣。究之文化未可託之空言、必當見諸實事、如國家之政治、社會之習尙、君子之行動、藝術之作品、皆文化所表見者、我居其實、則人有以觀瞻、我實果美、則人自知採納、不必呶呶費辭也。

2 **我國哲學以善爲本** 一國之文化、固不必純爲哲學思想所造成、而哲學思想實其要素。我國哲學思想盛於周代、周代哲學能自成一家之言者、大別有三、一老子、二孔子、三墨子。至唐代而佛學大行、遂於我國哲學史上佔一大位置。今非專究哲學之時、故不備述、述其盛衰之大概如次。

大抵老子之學、與孔子之學、並行於漢、而獨盛於六朝。唐代雖因同姓而推崇老子、究不及孔子之學之盛、其後遂寖成衰微。墨子與孔子、初尙並稱、其學艱苦刻厲、人情難堪、加以墨子身後、弟子講學、務辨析名理、不見重於功利之世、遂亦衰歇。惟孔子之學、平易可行、復當删定之後、宗旨顯豁、門徒盛多、故獨能綿歷世代、因之影響於我國文化最多。按近人謂孔學之盛、由於帝王自私之心、未免一掌蔽明、似是而非之論也。雖當佛學大行之世、不但不足以動搖、且因之更見精深。自宋儒大明理學之後、明清二代、蒙其影響、故今日論我國文化者、沿流討源、雖謂爲孔子之學始終之、諒亦不爲過也。

孔子之學、側重人生、務求實效、故立言多平易、不爲過高之談、說理則不墮玄虛、言情則止於禮義。換言之、卽理則以可實踐者爲眞、情則以可風世者爲美、理可實踐、情可風世、則孔子哲學以善爲本之意可以知矣。

說理不墮玄虛者、儒家求眞之根本觀念也。歷來學者論及此義、極多發明、姑不遍舉、卽論語所記、已可概見孔門講學之主旨矣。

季路問事鬼神。子曰、未能事人、焉能事鬼。曰、敢問死。曰、未知生、焉知死。先進第十一

子不語怪力亂神。述而第七

子以四教、文行忠信。同上

子貢曰、夫子之文章、可得而聞也、夫子之言性與天道、不可得而聞也。公冶長第五

後世如孟子之距楊墨、昌黎之闢佛老、皆本此義。觀孟子言仁言義言智之語、與

昌黎原道可知也。

孟子曰、仁之實、事親是也。義之實、事兄是也。……智之實、知斯二者而弗去是也。

韓昌黎原道曰、仁與義爲定名、道與德爲虛位。按此道德二字、乃指老子所謂道德、故曰虛位、猶云空論也。

宋代論學、漸入玄談、故朱子語錄力辨其非。淸儒章實齋著文史通義、於儒家求眞之義更多發揮、今錄如下。

朱子語錄曰、古之聖賢未嘗說形影話、近世方有此等議論、蓋見異端指佛家好說玄說道、思有以勝之、故亦去玄妙上尋、不知此正是他病處。

章實齋易教上曰、六經皆史也。古人不著書、古人未嘗離事而言理、六經皆先王之政典也。

經解中曰、事有實據、理無定形、故夫子之述六經、皆取先王典章、未嘗離事而言理。

原道上曰、夫尊夫子者、莫若切人情、不知其實而但務推崇、則玄之又玄、聖人一神天之通號耳。

原學中曰、古人之學、不遺事物。……是以學皆信而有徵、而非空言相爲授受也。……夫子曰、學而不思則罔、思而不學則殆。又曰、吾嘗終日不食、終夜不寢、以思無益、不如學也。……蓋謂必習於事而後可以言學、此則夫子誨人知行合一之道也。

原學下曰、諸子百家之患、起於思而不學。世儒之患、起於學而不思。蓋官師分而學不同於古人也。（按所言古人之學不離事、後人之學誦讀而已。）……言義理者似能思矣、而不知義理虛懸而無薄、則義理亦無當於道矣、（按此指宋儒之空談義理者。）

章氏可謂能發明儒家求眞之蘊者矣。儒家認切於人生易行而有効者爲眞理、故不主徒思而不學。但此學字實包學於古訓與學於實際二義。蓋孔子乃時中之聖、夏殷之禮、以無徵而不信、故曰吾從周。此學於實際之說也。孔子又曰、行夏之時、乘殷之輅。則古人之事、今尙可行者、或善於今之所行者、亦未嘗不可學、故又曰、我非生而知之者、好古敏以求之者也。此學於古人之說也。後人誤認學爲誦讀之專名、祇得其一義、故章氏有世儒學而不思之譏也。

章氏又謂孔子思學並重、卽王陽明知行合一之語。亦有特見而知行合一之說、實東方文化之特色、亦卽主善的哲學之根本也。特由陽明道破之後、愈見明晰。其原因則時勢爲之也。今不具論。近世西人盛唱實用主義 Pragmatism、其宗旨與王陽明之說頗多不謀而合之處。如王陽明謂未有知而不行者、知不行只是未知。

實用主義者亦曰、世界上眞知識、未有無用者、無用卽非眞知識。日人豐田臻著實用主義之哲學、其末篇有實用主義與東洋思想之比較一章、論此點甚精、可以參看。據以上所論觀之、我國哲學以善爲本之說、已無疑義矣。

3 **我國文學亦以善爲本** 前節謂我國哲學以善爲本、則屬於學識之文學、爲主善的、不言而喻矣。但此類文學、歷代多有、檢視可得、故不必詳論。惟屬於感化之文、亦以善爲本、則當分別。蓋情之於人、至難限定、且詩人造語、精妙活潑、詩人用心、幽深縹緲、往往辭意相違、不可純以道理相繩也。孔門論詩之語、第一章已舉其大概、今再錄孟子之說於此。蓋孟子深於詩學、其論詩之語、最能得詩人用心、實遠出後代詩話家之上。

故說詩者、不以文害辭、不以辭害志、以意逆志、是爲得之。如以辭而已矣、雲漢之詩曰、周餘黎民、靡有孑遺、信斯言也、是周無遺民也。（萬章章句上）

公孫丑問曰、高子曰、小弁小人之詩也、孟子曰、何以言之。曰、怨。曰、固哉、高叟之爲詩也。有人於此、越人關弓而射之、則己談笑而道之、無他、疏之也。其兄關弓而射之、則己垂涕而道之、無他、戚之也。小弁之怨、親親也。親親、仁也。固矣夫、高叟之爲詩也。曰、凱風何以不怨。曰、凱風、親之過小者也。小弁、親之過大者也。親之過大而不怨、是愈疏也。親之過小而怨、是不可磯也。（注解　磯爲激、謂微切以感激、以幾諫也。蓋過小之時、微諷之可矣、不必便怨也。）愈疏、不孝也。不可磯、亦不孝也。（告子章句上）

附凱風及小弁詩於後、

凱風（美孝子也。衛之淫風流行、雖有七子之母、猶不能安其室、故美七子能盡其孝道以慰其母心而成其志爾。）

凱風自南、吹彼棘心。棘心夭夭、母氏劬勞。

凱風自南、吹彼棘薪。母氏聖善、我無令人。

爰有寒泉、在浚之下。有子七人、母氏勞苦。

睍睆黃鳥、載好其音。有子七人、莫慰母心。

小弁（刺幽王也。太子之傅作焉。）

弁彼鸒斯、歸飛提提。民莫不穀、我獨於罹。何辜於天、我罪伊何。心之憂矣、云如之何。

踧踧周道、鞫爲茂草。我心憂傷、惄焉如擣。假寐永歎、維憂用老。心之憂矣、疢如疾首。

維桑與梓、必恭敬止。靡瞻匪父、靡依匪母。不屬於毛、不離於裏。天之生我、我辰安在。

菀彼柳斯、鳴蜩嘒嘒。有漼者淵、萑葦淠淠。譬彼舟流、不知所屆。心之憂矣、不遑假寐。

鹿斯之奔、維足伎伎。雉之朝雊、尚求其雌。譬彼壞木、疾用無枝。心之憂矣、寧莫之知。

相彼投兎、尚或先之。行有死人、尚或墐之。君子秉心、維其忍之。心之憂矣、涕既隕之。

君子信讒、如或醻之。君子不惠、不舒究之。伐木掎矣、析薪拖矣。舍彼有罪、予之佗矣。

莫高匪山、莫浚匪泉。君子無易由言、耳屬於垣。無逝我梁、無發我笱。我躬不閱、遑恤我後。

孟子謂小弁不可不怨、即孔子所謂關睢樂而不淫、哀而不傷之意。哀樂本人情、不淫不傷則止於禮義。禮之訓爲履、義之訓爲宜、亦可履行而相宜之意。後世論詩、大都本此。而屈原之騷、杜甫之詩、後人尊之、謂可上繼風雅、亦即此意。泛觀歷代文人、惟宋儒主善之意尤切、遵守此義最嚴。故蘇子由謂唐代詩人多不聞道。

蘇子由曰、唐人工精爲詩、而陋於聞道。孟郊嘗有詩曰、食薺腸亦苦、彊歌聲無歡、出門如有礙、誰謂天地寬。（贈別崔純亮詩）郊耿介之士、雖天地之大、無以安其身、起居飲食、有戚戚之憂、是以卒窮以死。而李翱稱之、以爲郊詩高者在古無上、平處猶下顧沈謝。至韓退之亦談不容口。甚矣唐人之不聞道（按子由此評、似傷苛刻。孟郊特耿介之人耳、未必便不聞道。

又眞西山選詩、以理爲宗。古詩十九首、爲漢代言情傑作、亦被刪落。故顧炎武非之、謂其執理太過、不得詩人之旨趣。如古詩曰、

不如飲美酒、被服紈與素。

豈眞欲飲美酒被紈素邪、亦有所激而爲此言也。詠諷全詩、自可領其眞意。孟子所謂言近而指遠者、善言也。故顧炎武謂與詩經山有樞同一用意。他如程子謂工文則害道、至比之玩物而喪其志。宋儒主善之嚴可見。後世如王九溪謂文章必以理勝、詩賦乃文之有韻者耳、亦文也。又謂立言必關世教、歸宿必有勸戒、亦無非言情必可風世之一意也。

4　孔門以外之文學　論我國文學之大體、固不得不歸之孔門。然自漢崇黃老、晉扇玄風、文學一事、已非孔門得專主矣。而齊梁佞佛、至唐代而大啓法門。文人學士、初則採其說以寄其冥漠之情、而僧侶之中、復多詩才。其義更無當於孔門詩教。今統名之曰孔門以外之文學、而畧論其影響如後。按論孔門以外之文學、而不及墨家者。蓋墨學者流、重事理、無影響於

思化、文學也。

一、老莊派之文學　老莊之哲學、輕視現代、冥想太古、重自然而棄人爲、故能超出尋常智慮之上、縱情直觀、與自然冥合。此自然老莊名之曰道。西人謂此派之哲學、乃未經認識論之考慮、以情意直達本體論者。其影響於文學、則爲主情的、重主觀的、其極則輕實際而流於放浪。魏正始間、王弼何晏、崇尚老莊、鄙夷六經、流風至於晉代、競爲清談、以任情爲放達、視人世爲塵垢、即此類也。故劉勰謂正始明道、詩雜仙心。又時序篇曰。

中朝貴玄、江左稱盛。因談餘氣、流成文體。是以世極迍邅、而辭意夷泰。詩必柱下之旨歸、賦乃漆園之義疏。

此派盛行之時、已多非議之者。如應詹上書、詆正始之流弊、范寧著論、至謂王何之罪、浮於桀紂。而隋李諤上書論文、及王仲淹著書立說、皆欲力挽此風者。

李上論文書曰、魏之三祖、崇尚文辭、遂成風俗。江左齊梁、其弊彌甚。競一韻之奇、爭一字之巧、連篇累牘、不出月露之形、積案盈箱、唯是風雲之狀。世俗以之相高、朝廷以之擢士。以儒素爲古拙、以詞賦爲君子、故其文日繁、其政日亂、良由棄大聖之軌模、構無用以爲用也。

王氏中說天地篇曰、學者博誦云乎哉、必也貫乎道、文者苟作云乎哉、必也濟乎義。

蓋任誕放達之極、則疾當世輕人間、疾世輕人之極、則連篇累牘、皆風雲月露之狀矣。故老莊派之文學、每招詆毀之詞、此亦可以反證我國文學之本在善也。

二、佛學派之文學　佛學初盛、其中義解一派、（高僧傳有義解一派。）亦好清談。如支遁道安、皆善老莊。自鳩摩羅什大譯經典、蓮社遠公、宏敷玄義、始變此風、亦多文彩。齊梁陳隋文人、如謝靈運顏延年、張融沈約徐陵庾信之倫、都耽內典。其時著論、多析玄理。今所流傳、尚有宏明一集、可以見一時藝林之風尚也。

但此輩立論、純主直覺、而缺論理。故辨析雖高而不嚴、雖深而不密。迄玄奘學於印度、始大闡因明之學、立義建言、乃甚嚴密、遂自成一派之文學、與孔門文學老莊玄談、分道揚鑣。至宋代、漸有融合儒家之象、而影響所及、遂成宋元明清之理學。此其有裨我國固有文化之處也。

然佛家本旨、雖在救世、而理高義深、不切人事。學者苟亡其本旨、易陷於虛空。此則我固有文化中老莊一派之變相也。故唐傅奕謂佛入中國、孅兒幻夫、模象莊老以文飾之。夫本老莊之故性而襲佛家之新面、遂成離世厭俗之習、至其極適足以招儒家之譏評。而自然科學之所以不得產生東方、其最大原因、想卽在此。

儻已上所論不誤、則我國文學始終不外主善一義。下節卽當一別其長短。長短既明、則去取之間、有一定之標準矣。

5 主善的文學所長 此種文學所長、約數之有二。

一、切近人生 儒家切近人生之義、上節已明。文學與人生之關係、則見第五章。但文學之眞用、在增進人生、我國文學既切近人生、則文學之眞義已得、但求其眞用日廣而已。

二、溫柔敦厚 此四字本孔門詩教、後世論詩者所不能外。其義已見第四章、今但申言此義所生之影響。此義所生之影響、太史公屈原列傳已發其端。

太史公曰、屈原既死之後、楚有宋玉唐勒景差之徒者、皆好辭而以賦見稱、然皆祖屈原之從容辭令、終莫敢直諫。

太史公此論、非與溫柔敦厚之義相衝突也。特傷文人因諫而獲罪、故曰終莫敢直諫耳。其後君主之權日尊嚴、文字之禍日暴烈、而文人處威嚴之下、復不忍人民之疾苦不得上聞、思欲代達、於是本溫柔敦厚之教、而爲主文譎諫之計、冀言之者無罪、聞之者足戒、故諷諭之體、因之大興。白居易自集平生諷刺之作爲一卷、曰諷諫詩。今人多喜誦之、不知實孔門詩教所生之影響、不但白氏有之、詩人多有也。且不但詩賦有之、散文亦有也。章實齋謂過秦非論實乃賦體、蓋以其鋪陳古之失以爲今之戒也。古人史論皆是此意。按此言史論、非從前考試之史論、不可誤會。

譎諫之文、再變而爲滑稽之文。滑稽之文、則非專以之諷君上、實以之刺當世。如王褒之僮約、可以代勞民之呼籲、孔德璋之北山移文、可以羞作僞之隱逸。此類詩文、或出遊戲之筆、或寄笑罵之情、千狀萬態、不可比方、側出橫生、惟貴體會。故劉勰特著諧讔一篇論之、其畧曰。

夫心險如山、口壅若川、怨怒之情不一、歡謔之言無方……諧之言皆也。辭淺會俗、皆悅笑也。讔者、隱也。遯辭以隱意、譎譬以指事也……隱語之用、被於紀傳、大者興治濟身、其次弼違曉惑……義欲婉而正、辭欲婉而顯……文辭之有諧讔、譬九流之有小說。蓋稗官所采、以廣視聽。若效而不已、則髡祖而入室、旃孟之石交乎。

據劉氏之論、則滑稽之文、實與小說戲劇同一作用。劉歆七略、謂小說出於稗官者流、不如謂其出於謠諫之變體爲更確切也。

6 主善的文學所短 此種文學之短處、則約數有二。此二短者、實主善的哲學所生之影響、非文學之過也。亦非主善的哲學之過、沿流者失眞之過也。

一、不隨時變 孔子哲學、本主適合時代、前節論之詳矣。蓋主善者合於道德之謂也。道德之標準、常隨時方二法而變易、非固定之事也。主善者合於禮義之謂也。禮義之本義、不外可履行而相宜、亦非一成不變之物也。孔子本人情而定禮、詳於節文、嚴於儀式。又恐人習於節文儀式、而忘其本於人情。遂修易作樂、刪詩以輔之。易主於變、樂主於和、詩道性情、皆所以示作禮之本意也。後儒拘泥、故守舊復古之心甚深、而因時制宜之効不顯、大失時中之義矣。

至其影響文學之處、則尤彰著、以揚子雲之才、乃不過一摹古專家、以昌黎之傑、亦不過學古能化、以我國文化之早興、歷史之悠久、而進步不及歐洲之速。若以近世歐洲文學變化之率推之、不應有今日之現象甚明、凡此何一非守舊復古有以致之也。復古之文、間接摹倣古人之處多、直接摹倣自然之處少、少則自然之奧秘終古不宣、而材料亦陳而不鮮、此後人所以有天然好語、被古人道盡之嘆也。

二、情趣缺乏　此種短處則後人矯枉過正所致、大抵老莊派之文學、情思放誕太過、後人欲矯正之、遂失於枯澀。加之理學大興、載道之言、囫圇說過、不知道貴流行、未可拘泥、載又多方、未可固定、於是屬於感化之文、亦質實言理、缺乏生動之機趣、反不如三百篇十九首之情趣橫溢也。西方文學多言愛情、我國文學多言倫理、其亦所主之異乎。

已上所論、特其大畧、總之文學必受哲學之影響。我國哲學之長短、即我國文學之長短之因。而研究哲學之書絕少佳著、故欲知文學之長短、殊感困難、然即此數端以論我國文學、當無甚誤。但有一言不可不補明者、即凡立一說、實非容易、苟不統觀全體、難保無掛一漏萬之譏。而我國學問、經四五千年之久、其間異同消長者、不知幾何、尤非執一二端據一二語、即可驟下定論者。故國人論學、往往陷入以部分當全體之弊、蓋亦勢使之然也。

7　今後之希望　以第三章歷代修正文字表觀之、第八期實與第四期相同。而第四期之後爲唐宋兩代。唐之文學、宋之理學、莫不受第四期之影響、亦莫非第四期之結果。今日西學東來、其學術皆統系分明、方法完備、而交通之便利、印刷之簡易、又遠勝唐代。唐玄奘以一僧侶、私奔印度、歸來遂令我國文化因而更新。今日留學西方之人數、與方便、亦遠勝於彼時。然則更新之機、自當不遠。所不如彼者、我固有之文化、久就荒落、現今之國勢、已極陵夷、以比唐之初興、有河汾之講學於前、房杜之修政於後、自不可及耳。故目前之大勢、與南北朝正同、尚未至隋楊、更何論唐李。明眼者試一比較之、當信此言之不謬矣。故曰、今後之希望、非敢薄當世也。

古今論文名著選

例言

一、附錄之意在輔助前論之不足、兼供覽者之參證。

二、選材不限文體、惟取評論合理或影響較大之作。其有論及歷代體製而源委明確者、亦間附焉。

三、編次畧依時代、以見歷朝文學遞嬗之迹。

四、凡自成專書、如文心雕龍史通等、不選。

五、凡片辭隻義、如詩話筆記等、不選。

六、此間書少、闕畧當俟補輯。論文之詩、不少佳篇、亦不及採、附誌於此。

目錄

古今論文名著選　目錄

古今論文名著選

卜商

詩大序

關雎后妃之德也、風之始也、所以風天下而正夫婦也、故用之鄉人焉、用之邦國焉、風風也、教也、風以動之、教以化之、詩者志之所之也、在心爲志、發言爲詩、情動於中而形於言、言之不足故嗟嘆之、嗟嘆之不足故永歌之、永歌之不足不知手之舞之足之蹈之也、情發於聲、聲成文謂之音、治世之音安以樂其政和、亂世之音怨以怒其政乖、亡國之音哀以思其民困、故正得失、動天地、感鬼神、莫近於詩、先王以是經夫婦、成孝敬、厚人倫、美教化、移風俗、故詩有六義焉、一曰風、二曰賦、三曰比、四曰興、五曰雅、六曰頌、上以風化下、下以風刺上、主文而譎諫、言之者無聞罪之者足以戒、故曰風、至於王道衰、禮義廢、政教失、國異政、家殊俗、而變風變雅作矣、國史明乎得失之迹、傷人倫之廢、哀刑政之苛、吟詠情性、以風其上、達於事變而懷其舊俗者也、故變風發乎情、止乎禮義、發乎情、民之性也、止乎禮義、先王之澤也、是以一國之事繫一人之本謂之風、言天下之事形四方之風謂之雅、雅者正也、言王政所由廢興也、政有小大、故有小雅焉、有大雅焉、頌者美盛德之形容、以其成功告於神明者也、是謂四始、詩之至也、然則關雎麟趾之化、王者之風、故繫之周公、南言化自北而南也、鵲巢騶虞之德、諸侯之風也、先王之所以教、故繫之召公、周南召南正始之道、王化之基、是以關雎樂得淑女以配君子、憂在進賢、不淫其色、哀窈窕、思賢才、而無傷善之心焉、是關雎之義也、

鄭　元

詩譜序

詩之興也、諒不於上皇之世、大庭軒轅、逮於高辛、其時有亡、載籍亦蔑云焉、虞書曰、詩言志、歌永言、聲依永、律和聲、然則詩之道、防於此乎、有夏承之、篇章泯棄、靡有子遺、邇及商王、不風不雅、何者論功頌德、所以將順其美、刺過譏失、所以匡救其惡、各於其黨、則爲法者彰顯、爲戒者著明、周自后稷播種百穀、黎民阻飢、茲時乃粒、自傳於此名也、陶唐之末、中葉公劉、亦世修其業、以明民共財、至於太王王季、克堪顧

天文武之德、光熙前緒、以集大命於厥身、遂爲天下父母、使民有政有居、其時詩風有周南召南、雅有鹿鳴文王之屬、及成王周公致太平、制禮作樂、而有頌聲興焉、盛之至也、本之由此風雅而來、故皆錄之、謂之詩之正經、後王稍更陵遲、懿王始受譖、烹齊哀公、夷身失禮之後、邶不尊賢、自是而下、厲也幽也、政教尤衰、周室大壞、十月之交、民勞、板、蕩、勃爾俱作、衆國紛然、刺怨相尋、五霸之末、上無天子、下無方伯、善者誰賞、惡者誰罰、紀綱絕矣、故孔子錄懿王夷王時詩、訖於陳靈公淫亂之事、謂之變風變雅、以爲勤民恤功、昭事上帝、則受頌聲、弘福如彼、若違而弗用、則被劫殺、大禍如此、吉凶之所由、憂娛之萌漸、昭昭在斯、足作後王之鑒、於是止矣、夷厲已上、歲數不明、太史年表自共和始、歷宣幽平王而得春秋次第、以立斯譜、欲知源流清濁之所處、則循其上下而省之、欲知風化芳臭氣澤之所及、則傍行而觀之、此詩之大綱也、舉一綱而萬目張、解一卷而衆篇明、於力則鮮、於思則寡、其諸君子亦有樂於是與、

漢書藝文志序 節錄

班固

傳曰、不歌而誦謂之賦、登高能賦、可以爲大夫、言感物造耑、材知深美、可與圖事、故可以爲列大夫也、古者諸侯卿大夫交接鄰國、以微言相感、當揖讓之時、必稱詩以諭其志、蓋以別賢不肖而觀盛衰焉、故孔子曰、不學詩、無以言也、春秋之後、周道寖壞、聘問歌詠、不行於列國、學詩之士、逸在布衣、而賢人失志之賦作矣、大儒孫卿及楚臣屈原、離讒憂國、皆作賦以風、咸有惻隱古詩之義、其後宋玉唐勒、漢興枚乘司馬相如、下及揚子雲、競爲侈麗閎衍之詞、沒其風諭之義、是以揚子悔之曰、詩人之賦麗以則、辭人之賦麗以淫、如孔氏之門人用賦也、則賈誼登堂、相如入室矣、如其不用何、自孝武立樂府而采歌謠、於是有代趙之謳、秦楚之風、皆感於哀樂、緣事而發、亦可以觀風俗、知薄厚云、

王逸

楚辭章句序

序曰、昔者孔子、叡聖明哲、天生不王、俾定經術、乃刪詩書、正禮樂、制作春秋、以爲後王之法、門人三千、罔不昭達、臨終之日、則大義乖而微言絕、其後周室衰微、戰國

並爭、道德陵遲、譎詐蒙生、於是楊墨鄒孟孫韓之徒、各以所知著造傳記、或以述古、或以明世、而屈原履忠被譖、憂悲愁思、獨依詩人之義而作離騷、上以諷諫、下以自慰、遭時暗亂、不見省納、不勝憤懣、遂復作九歌以下凡二十五篇、楚人高其行義、瑋其文采、以相教傳、至於武帝、恢廓道訓、使淮南王安作離騷經章句、則大義粲然、後世雄俊、莫不瞻仰、攄舒妙思、纘述其詞、逮至劉向典校經書、分以爲十六卷、孝章卽位、深弘道藝、而班固賈逵、復以所見、改易前疑、各作離騷經章句、其餘十五卷、闕而不說、又以壯爲狀、義多乖異、事不要撮、今臣復以所識所知、稽之舊章、合之經傳、作十六卷章句、雖未能究其微妙、然大指之趣、畧可見矣、且人臣之義、以中正爲高、以伏節爲賢、故有危言以存國、殺身以成仁、是以伍子胥不恨於浮江、比干不悔於剖心、然後德立而行成、榮顯而名稱、若夫懷道以迷國、佯愚而不言、顚則不能扶、危則不能安、婉娩以順上、逡巡以避患、雖保黃耇、終壽百年、蓋志士之所恥、愚夫之所賤也、今若屈原、膺忠貞之質、體清潔之性、直若砥矢、言若丹青、進不隱其謀、退不顧其命、此誠絕世之行、俊彥之英也、而班固謂之露才揚己、競於羣小之中、怨恨懷王、譏刺椒蘭、苟欲求進、強非其人、不見容納、忿恚自沈、是虧其高明而損其清潔者也、昔伯夷叔齊讓國守志、不食周粟、遂餓而死、豈可復謂有求於世而恨怨哉、且詩人怨主刺上曰、嗚呼小子、未知臧否、匪面命之、言提其耳、諷諫之語、於斯爲切、然仲尼論之以爲大計、引此比彼、屈原之詞、優游婉順、寧以其君不知之故、欲提攜其耳乎、而論者以爲露才揚己、怨刺其上、強非其人、殆失厥中矣、夫離騷之文、依託五經以立義焉、帝高陽之苗裔、則詩厥初生民、時惟姜嫄也、紉秋蘭以爲佩、則將翱將翔、佩玉瓊琚也、夕攬洲之宿莽、則易潛龍勿用也、駟玉虬而乘鷖、則易時乘六龍以御天也、就重華而陳詞、則尙書咎繇之謀謨也、登崑崙而涉流沙、則禹貢之敷土也、故智彌盛者其言博、才益劭者其識遠、屈原之詞、誠博遠矣、自孔丘終後以來、名儒博達著造詞賦、莫不擬則其儀表、祖式其模範、取其要妙、竊其華藻、所謂金相玉質、百歲無匹、名垂罔極、永不刊滅者也、

魏文帝

典論論文

文人相輕、自古而然、傅毅之於班固、伯仲之間耳、而固小之、與弟超書曰、武仲以能屬文爲蘭臺令史、下筆不能自休、夫人善於自見、而文非一體、鮮能備善、是以各以所長、相輕所短、里語曰、家有弊帚、享之千金、斯不自見之患也、今之文人、魯國孔融文舉、廣陵陳琳孔璋、山陽王粲仲宣、北海徐幹偉長、陳留阮瑀元瑜、汝南應瑒德璉、東平劉楨公幹、斯七子者、於學無所遺、於辭無所假、咸以自騁驥騄於千里、仰齊足而並馳、以此相服、亦良難矣。蓋君子審己以度人、故能免於斯累、而作論文、王粲長於賦辭、徐幹時有齊氣、然粲之匹也、如粲之初征登樓槐賦征思、幹之玄猿漏巵圓扇橘賦、雖張蔡不過也、然於他文、未能稱是、琳瑀之章表書記、今之儁也、應瑒和而不壯、劉楨壯而不密、孔融體氣高妙、有過人者、然不能持論、理不勝辭、至於雜以嘲戲、及其所善、揚班儔也、常人貴遠賤近、向聲背實、又患闇於自見、謂己爲賢、夫文本同而末異、蓋奏議宜雅、書論宜理、銘誄尚實、詩賦欲麗、此四科不同、故能之者偏也、唯通才能備其體、文以氣爲主、氣之清濁有體、不可力彊而致、譬諸音樂、曲度雖均、節奏同檢、至於引氣不齊、巧拙有素、雖在父兄、不能以遺子弟、蓋文章經國之大業不朽之盛事、年壽有時而盡、榮樂止乎其身、二者必至之常期、未若文章之無窮、是以古之作者、寄身於翰墨、見意於篇籍、不假良史之辭、不託飛馳之勢、而聲名自傳於後、故西伯幽而演易、周旦顯而制禮、不以隱約而不務、不以康樂而加思、夫然則古人賤尺璧而重寸陰、懼乎時之過已、而人多不彊力、貧賤則懾於饑寒、富貴則流於逸樂、遂營目前之務、而遺千載之功、日月逝於上、體貌衰於下、忽然與萬物遷化、斯亦志士之大痛也、融等已逝、唯幹著論成一家言、

摯虞

文章流別論詩賦

文章者、所以宣上下之象、明人倫之敘、窮理盡性、以究萬物之宜者也、王澤流而詩作、成功臻而頌興、德勳立而銘著、嘉美終而誄集、祝史陳辭、官箴王闕、周禮太師掌教六詩、曰風、曰賦、曰比、曰興、曰雅、曰頌、言一國之事、繫一人之本、謂之風、言天下之風、謂之雅、頌者、美盛德之形容、賦者、敷陳之稱也、比者、喻類之言也、興者、有感之辭也、後世之爲詩者多矣、其稱功德者謂之頌、其餘總謂之詩、頌詩之美者也、古者

聖帝明王、功成治定而頌聲興、於是奏於宗廟告於鬼神、故頌之所美者、聖王之德也、古之作詩者、發乎情止乎禮義、情之發、因辭以形之、禮義之指、須事以明之、故有技焉、所以假象盡辭、敷陳其志、古詩之賦、以情義爲主、以事類爲佐、今之賦、以事形爲本、以義正爲助、辭意爲主、則言省而文有例矣、事形爲本、則言富而辭無常矣、文之煩省、辭之險易、蓋繇於此、夫假象過大、則與類相遠、逸辭過壯、則與事相違、辯言過理、則與義相失、麗靡過美、則與情相悖、此四過者、所以背大體而害政教、是以司馬遷割相如之浮說、揚雄疾辭人之賦麗以淫、詩之流也、有三言四言五言六言七言九言、古詩率以四言爲體、而時有一句二句、雜在四言之間、後世演之、遂以爲篇、古詩之三言者、振振鷺、鷺於飛之屬是也、五言者、誰謂雀無角、何以穿我屋之屬是也、六言者、我姑酌彼金罍之屬是也、七言者、交交黃鳥止於桑之屬是也、九言者、泂酌彼行潦挹彼注茲之屬是也、夫詩雖以情志爲本、而以成聲爲節、然則雅言之韻、四言爲正、其餘雖備曲折之體、而非詩之正也、

陸士衡

一〇

文賦

余每觀才士之所作、竊有以得其用心、夫放言遣辭、良多變矣、妍蚩好惡、可得而言、每自屬文、尤見其情、恒患意不稱物、文不逮意、蓋非知之難、能之難也、故作文賦以述先士之盛藻、因論作文之利害所由、他日殆可謂曲盡其妙、至於操斧伐柯、雖取則不遠、若夫隨手之變、良難以辭逮、蓋所能言者具於此云、佇中區以玄覽、頤情志於典墳、遵四時以歎逝、瞻萬物而思紛、悲落葉於勁秋、喜柔條於芳春、心懍懍以懷霜、志眇眇而臨雲、詠世德之駿烈、誦先人之清芬、游文章之林府、嘉麗藻之彬彬、慨投篇而援筆、聊宣之乎斯文、其始也、皆收視反聽、耽思傍訊、精騖八極、心遊萬仞、其致也、情曈曨而彌鮮、物昭晰而互進、傾羣言之瀝液、漱六藝之芳潤、浮天淵以安流、濯下泉而潛浸、於是沈辭怫悅、若遊魚銜鉤而出重淵之深、浮藻聯翩、若翰鳥纓繳而墜曾雲之峻、收百世之闕文、採千載之遺韻、謝朝華於已披、啟夕秀於未振、觀古今之須臾、撫四海於一瞬、然後選義按部、考辭就班、抱景者咸叩、懷響者畢彈、或因枝以振葉、或沿波而討源、或本隱以之顯、或求易而得難、或虎變而獸擾、或龍見而鳥瀾、或妥帖而易施、或岨峿而不安、罄澄心以凝思、眇衆慮而爲言、籠天地於形內、挫萬物於筆端、始躑躅於燥吻、終流離於濡翰、理扶質以立幹、文垂條以結繁、信情貌之不差、**故**每變而在顏、思涉樂其必笑、方言哀而已歎、或操觚以率爾、或含毫而邈然、伊茲事之可樂、固聖賢之所欽、課虛無以責有、叩寂寞而求音、函緜邈於尺素、吐滂沛乎寸心、言恢之而彌廣、思按之而逾深、播芳蕤之馥馥、發青條之森森、粲風飛而猋豎、鬱雲起乎翰林、體有萬殊、物無一量、紛紜揮霍、形難爲狀、辭程才以效伎、意司契而爲匠、在有無而僶俛、當淺深而不讓、雖離方而遯圓、期窮形而盡相、故夫夸目者尙奢、愜心者貴當、言窮者無隘、論達者唯曠、詩緣情而綺靡、賦體物而瀏亮、碑披文以相質、誄纏緜而悽愴、銘博約而溫潤、箴頓挫而淸壯、頌優游以彬蔚、論精微而朗暢、奏平徹以閑雅、說煒曄而譎誑、雖區分之在茲、亦禁邪而制放、要辭達而理舉、**故**無取乎冗長、其爲物也多姿、其爲體也屢遷、其會意也尙巧、其遣言也貴妍、曁音聲之迭代、若五色之相宣、雖逝止之無常、固崎錡而難便、苟達變而識次、猶開流以納泉、如失機而後會、恆操末以續顚、謬玄黃之秩敘、故淟涊而不鮮、或仰逼於先條、或俯侵於後章、或辭害而理比、或言順而意妨、離之則雙美、合之則兩傷、考殿最於錙銖、定去留於毫芒、苟銓衡之所裁、固應繩其必當、或文繁理富、而意不指適、極無兩致、盡不可益、立片言而居要、乃一篇之警策、雖衆辭之有條、必待茲而效績、亮功多而累寡、故取足而不易、或藻思綺合、清麗千眠、炳若縟繡、悽若繁絃、必所擬之不殊、乃闇合乎曩篇、雖杼柚於予懷、怵他人之我先、苟傷廉而愆義、亦雖愛而必捐、或苕發穎豎、離衆絕致、形不可逐、響難爲係、塊孤立而特峙、非常音之所緯、心牢落而無偶、意徘徊而不能揥、石韞玉而山輝、水懷珠而川媚、彼榛楛之勿翦、亦蒙榮於集翠、綴下里於白雪、吾亦濟乎所偉、或託言於短韻、對窮迹而孤興、俯寂寞而無友、仰寥廓而莫承、譬偏絃之獨張、含清唱而靡應、或寄辭於瘁音、言徒靡而弗華、混妍蚩而成體、累良質而爲瑕、象下管之偏疾、故雖應而不和、或遺理以存異、徒尋虛而逐微、言寡情而鮮愛、辭浮漂而不歸、猶絃么而徽急、故雖和而不悲、或奔放以諧合、務嘈囋而妖冶、徒悅目而偶俗、固高聲而曲下、寤防露與桑間、又雖悲而不雅、或清虛以婉約、每除煩而去濫、闕大羹之遺味、同朱絃之清氾、雖一唱而三歎、固既雅而不艷、著夫豐約之裁、俯仰之形、因宜適變、曲有微情、或言拙而喻巧、或理朴而辭輕、或襲故而彌新、或沿濁而更清、或覽之而必察、或研之而後精、譬猶舞者赴節以投袂、歌者應絃而遣聲、是蓋輪扁所不得言、故亦非華說之所能精、普辭條與文律、良余膺之所服、練世情之常尤、識前修之所淑、雖濬發於巧心、或受欰於拙目、彼瓊敷與玉藻、若中原之有菽、同橐籥之罔窮、與天地乎並育、雖紛藹於此世、嗟不盈於予掬、患挈缾之屢空、病昌言之難屬、故踸踔於短垣、放庸音以足曲、恒遺恨以終篇、豈懷盈而自足、懼蒙塵於叩缶、顧取笑乎鳴玉、若夫應感之會、通塞之紀、來不可遏、去不可止、藏若景滅、行猶響起、方天機之駿利、夫何紛而不理、思風發於胸臆、言泉流於脣齒、紛葳蕤以馺遝、唯毫素之所擬、文徽徽以溢目、音泠泠而盈耳、及其六情底滯、志往神留、兀若枯木、豁若涸流、攬營魂以探賾、頓精爽於自求、理翳翳而愈伏、思乙乙其若抽、是以或竭情而多悔、或率意而寡尤、雖茲物之在我、非余力之所勠、故時撫空懷而自惋、吾未識夫開塞之所由、伊茲文之爲用、固衆理之所因、恢萬里而無閡、通億載而爲津、俯貽則於來葉、仰觀象乎古人、濟文武於將墜、宣風聲於不

泯、塗無遠而不彌、理無微而弗綸、配霑潤於雲雨、象變化乎鬼神、被金石而德廣、流管絃而日新、

一四　皇甫謐

三都賦序

玄晏先生曰、古人稱不歌而頌、謂之賦、然則賦也者、所以因物造端、敷弘體理、欲人不能加也、引而申之、故文必極美、觸類而長之、故辭必盡麗、然則美麗之文、賦之作也、昔之爲文者、非苟尙辭而已、將以紐之王教、本乎勸戒也、自夏殷以前、其文隱沒、靡得而詳焉、周監二代、文質之體、百世可知、故孔子采萬國之風、正雅頌之名、集而謂之詩、詩人之作、雜有賦體、子夏序詩曰、一曰風、二曰賦、故知賦者、古詩之流也、至於戰國、王道陵遲、風雅寖頓、於是賢人失志、辭賦作焉、是以孫卿屈原之屬、遺文炳然、辭義可觀、存其所感、咸有古詩之意、皆因文以寄其心、託理以全其制、賦之首也、及宋玉之徒、淫文放發、言過於實、誇競之興、體失之漸、風雅之則、於是乎乖、逮漢賈誼、頗節之以禮、自時厥後。綴文之士、不率典言、並務恢張、其文博誕空類、大者罩

天地之表、細者入毫纖之內、雖充車聯駟、不足以載、廣廈接榱、不容以居也、其中高者、至如相如上林、揚雄甘泉、班固兩都、張衡二京、馬融廣成、王生靈光、初極宏侈之辭、終以約簡之制、煥乎有文、蔚爾鱗集、皆近代辭賦之偉也、若夫土有常產、俗有舊風、方以類聚、物以羣分、而長卿之儔、過以非方之物、寄以中域、虛張異類、託有於無、祖構之士、雷同影附、流宕忘反、非一時也、曩者漢室內潰、四海圮裂、孫劉二氏、割有交益、魏武撥亂、擁據函夏、故作者先爲吳蜀二客、盛稱其本土險阻瓌琦、可以偏王、而卻爲魏王述其都畿、弘敞豐麗、奄有諸華之意、言吳蜀以擒滅比亡國、而魏以交禪比唐虞、旣已著逆順、且以爲鑒戒、蓋蜀包梁岷之資、吳割荊南之富、魏跨中區之衍、考分次之多少、計殖物之衆寡、比風俗之淸濁、課士人之優劣、亦不可同年而語矣、二國之士、各沐浴所聞、家自以爲我土樂、人自以爲我民良、皆非通方之論也、作者又因客主之辭、正之以魏都、折之以王道、其物土所出、可得披圖而校、體國經制、可得按記而驗、豈詭也哉、

沈約

一六

宋書謝靈運傳論

民稟天地之靈、含五倫之德、剛柔迭用、喜慍分情、夫志動於中、則歌詠外發、六義所因、四始攸繫、升降謳謠、紛披風什、雖虞夏以前、遺文不覩、稟氣懷靈、理無或異、然則歌詠所興、宜自生民始也、周室既衰、風流彌著、屈平宋玉、導淸源於前、賈誼相如、振芳塵於後、英辭潤金石、高義薄雲天、自茲以降、情志愈廣、王襃劉向揚班崔蔡之徒、異軌同奔、遞相師祖、雖淸辭麗曲、時發乎篇、而蕪音累氣、固亦多矣、若夫平子豔發、文以情變、絕唱高蹤、久無嗣響、至於建安、曹氏基命、二祖陳王、咸蓄盛藻、甫乃以情緯文、以文被質、自漢至魏、四百餘年、辭人才子、文體三變、相如巧爲形似之言、班固長於情理之說、子建仲宣以氣質爲體、並標能擅美、獨映當時、是以一世之士、各相慕習、原其飈流所始、莫不同祖風騷、徒以賞好異變、故意製相詭、降及元康、潘陸特秀、律異班賈、體變曹王、縟旨星稠、繁文綺合、綴平臺之逸響、採南皮之高韻、遺風餘烈、事極江左、有晉中興、玄風獨振、爲學窮於柱下、博物止乎七篇、馳騁文辭、義殫於此、自建武暨乎義熙、歷載將百、雖綴響聯辭、波屬雲委、莫不寄言上德、託意玄珠、遒麗之辭、無聞焉爾、仲文始革孫許之風、叔源大變太元之氣、爰逮宋氏、顏謝騰聲、靈運之興會標舉、延年之體裁明密、並方軌前秀、垂範後昆、若夫敷衽論心、商榷前藻、工拙之數、如有可言、夫五色相宣、八音協暢、由乎玄黃律呂、各適物宜、欲使宮羽相變、低昂互節、若前有浮聲、則後須切響、一簡之內、音韻盡殊、兩句之中、輕重悉異、妙達此旨、始可言文、至於先士茂製、諷高歷賞、子建函京之作、仲宣霸岸之篇、子荊零雨之章、正長朔風之句、並直舉胸情、非傍詩史、正以音律調韻、取高前式、自騷人以來、此秘未覩、至於高言妙句、音韻天成、皆闇與理合、匪由思至、張蔡曹王、曾無先覺、潘陸謝顏、去之彌遠、世之知音者、有以得之、知此言之非謬、如曰不然、請待來哲、

裴子野

雕蟲論

宋明帝博好文章、才思朗捷、嘗讀書奏、號稱七行俱下、每有禎祥、及幸讌集、輒陳詩展義、且以命朝臣、其戎士武夫、則請託不暇、困於課限、或買以應詔焉、於是天下向風、人自藻飾、雕蟲之義、盛於時矣、梁鴻臚卿裴子野論曰、古者四始六藝、總而為

詩、既形四方之風、且彰君子之志、勸美懲惡、王化本焉、後之作者、思存枝葉、繁華蘊藻、用以自通、若悱惻芬芳、楚騷爲之祖、靡漫容與、相如扣其音、由是隨聲逐影之儔、棄指歸而無執、賦詩歌頌、百帙五車、蔡應等之俳優、揚雄悔爲童子、聖人不作、雅鄭誰分、其五言爲家、則蘇李自出、曹劉偉其風力、潘陸固其枝葉、爰及江左、稱彼顏謝、箴繡鞶帨。無取廟堂、宋初迄於元嘉、多爲經史、大明之代、實好斯文、高才逸韻、頗謝前哲、波流相尙、滋有篤焉、自是閭閻少年、貴遊總角、罔不擯落六藝、吟咏情性、學者以博依爲急務、謂章句爲顓魯、淫文破典、斐爾爲功、無被於管絃、非止乎禮義、深心主卉木、遠致極風雲、其興浮、其志弱、巧而不要、隱而不深、討其宗途、亦猶宋之風也、若季子聆音、則非興國、鯉也趨室、必有不敢、荀卿有言、亂代之徵、文章匿而采、斯著、豈近之乎、

鍾嶸

詩品序　上品序

氣之動物、物之感人、故搖蕩性情、形諸舞詠、照燭三才、暉麗萬有、靈祇待之以致

饗、幽微藉之以昭告、動天地感鬼神、莫近於詩、昔南風之詞、卿雲之頌、厥義夐矣、夏歌曰鬱陶乎予心、楚謠曰名余曰正則、雖詩體未全、然是五言之濫觴也、逮漢李陵始著五言之目矣、古詩眇邈、人世難詳、推其文體、固是炎漢之製、非衰周之倡也、自王楊枚馬之徒、詞賦競爽、而吟詠靡聞、從李都尉迄班婕妤、將百年間、有婦人焉、一人而已、詩人之風、頓已缺喪、東京二百載中、惟有班固詠史、質木無文、降及建安、曹公父子、篤好斯文、平原兄弟、鬱爲文棟、劉楨王粲、爲其羽翼、次有攀龍託鳳、自致於屬車者、蓋將百計、彬彬之盛、大備於時矣、爾後陵遲衰微、迄於有晉、太康中、三張二陸、兩潘一左、勃爾復興、踵武前王、風流未沫、亦文章之中興也、永嘉時、貴黃老、稍尙虛談、於時篇什、理過其辭、淡乎寡味、爰及江表、微波尙傳、孫綽許詢桓庾諸公詩、皆平典似道德論、建安風力盡矣、先是郭景純用儁上之才、變創其體、劉越石仗清剛之氣、贊成厥美、然彼衆我寡、未能動俗、逮義熙中、謝益壽斐然繼作、元嘉中、有謝靈運、才高詞盛、富艷難蹤、固已含跨劉郭、凌轢潘左、故知陳思爲建安之傑、公幹仲宣爲輔、陸機爲太康之英、安仁景陽爲輔、謝客爲元嘉之雄、顏延年爲輔、斯皆五言之冠冕、文詞之命世也、夫四言文約意廣、取效風騷、便可多得、每苦文繁而意少、故世罕習焉、五言居文詞之要、是衆作之有滋味者也、故云會於流俗、豈不以指事造形、窮情寫物、最爲詳切者邪、故詩有三義焉、一曰興、二曰比、三曰賦、文已盡而意有餘、興也、因物喻志、比也、直書其事、寓言寫物、賦也、宏斯三義、酌而用之、幹之以風力、潤之以丹彩、使味之者無極、聞之者動心、是詩之至也、若專用比興、患在意深、意深則詞躓、若但用賦體、患在意浮、意浮則文散、嬉成流移、文無止泊、有蕪漫之累矣、若乃春風春鳥、秋月秋蟬、夏雲暑雨、冬月祁寒、斯四候之感諸詩者也、嘉會寄詩以親、離羣託詩以怨、至於周臣去境、漢妾辭宮、或骨橫朔野、或魂逐飛蓬、或負戈遠戍、殺氣雄邊、寒客衣單、孀閨淚盡、或士有解佩出朝、一去忘反、女有揚蛾入寵、再盼傾國、凡斯種種、感蕩心靈、非陳詩何以展其義、非長歌何以騁其情、故曰、詩可以羣、可以怨、使窮賤易安、幽居靡悶、莫尙於詩矣、故詩人作者、罔不愛好、今之士俗、斯風熾矣、纔能勝衣、甫就小學、必甘心而馳騖焉、於是庸音雜體、各各爲容、至使膏腴子弟、恥文不逮、終朝點綴、分夜呻吟、獨觀謂爲警策、衆覩終淪平鈍、次有輕薄之徒、笑曹劉爲古拙、謂鮑照羲皇上人、謝朓今古獨步、而師鮑照終不及日中市朝滿、學謝朓劣得黃鳥度靑枝、徒自棄於高明、無涉於文流矣、觀王公縉紳之士、每博論之餘、何嘗不以詩爲口實、隨其嗜欲、商榷不同、淄澠並泛、朱紫相奪、喧議競起、準的無依、近彭城劉士章俊賞之士、疾其淆亂、欲爲當世詩品、口陳標榜、其文未遂、感而作焉、昔九品論人、七略裁士、校以賓實、誠多未值、至若文之爲技、較爾可知、以類推之、殆均博奕、方今皇帝資生知之上才、體沈鬱之幽思、文麗日月、賞究天人、昔在貴遊、已爲稱首、況八紘既奄、風靡雲蒸、抱玉者聯肩、握珠者踵武、以瞰漢魏而不顧、吞晉宋於胸中、諒非農歌轅議、敢致流別、嶸之今錄、庶周旋於閭里、均之於談笑耳、

中品序

一品之中、畧以世代爲先後、不以優劣爲詮次、又其人既往、其文克定、今所寓言、不錄存者、夫屬詞比事、乃爲通談、若乃經國文符、應資博古、撰德駁奏、宜窮往烈、至乎吟詠情性、亦何貴於用事、思君如流水、既是卽目、高臺多悲風、亦惟所見、淸晨登隴首、羌無故實、明月照積雪、詎出經史、觀古今勝語、多非補假、皆由直尋、顏延謝莊

尤爲繁密、於時化之、故大明泰始中、文章殆同書抄、近任昉王元長等、詞不貴奇、競須新事、爾來作者寖以成俗、遂乃句無虛語、語無虛字、拘攣補衲、蠹文已甚、但自然英旨、罕値其人、文既失高、則宜加事義、雖謝天才、且表學問、亦一理乎、陸機文賦、通而無貶、李充翰林、流而不切、王微鴻寶、密而無裁、顏延論文、精而難曉、摯虞文志、詳而博贍、頗曰知言、觀斯數家、皆就談文體、而不顯優劣、至於謝客集詩、逢詩輒取、張隲文士、逢文卽書、諸英志錄、並載在文、曾無品第、嶸今所錄、止乎五言、雖然網羅今古、詞文殆集、輕欲辨彰淸濁、掎摭病利、凡百二十人、預此宗流者、便稱才子、至斯三品升降、差非定制、方申變裁、請寄知者爾、

下品序

昔曹劉殆文章之聖、陸謝爲體貳之才、銳精研思、千百年中、而不聞宮商之辨、四聲之論、或謂前達偶然不見、豈其然乎、嘗試言之、古曰詩頌、皆被之金竹、故非調五音、無以諧會、若置酒高堂上、明月照高樓、爲韻之首、故三祖之詞、文或不工、而韻入歌唱、此重音韻之義也、與世之言宮商異矣、今既不被管弦、亦何取於聲律邪、齊有

王元長者、嘗謂余云、宮商與二儀俱生、自古詞人不知之、惟顏憲子乃云律呂音調、而其實大謬、唯見范曄謝莊頗識之耳、嘗欲進知音論未就、王元長創其首、謝朓沈約揚其波、三賢或貴公子孫、幼有文辯、於是士流景慕、務爲精密、襞積細微、專相陵架、故使文多拘忌、傷其眞美、余謂文製本須諷讀、不可蹇礙、但令清濁通流、口吻調利、斯爲足矣、至平上去入、則余病未能、蜂腰鶴膝、閭里已具、陳思贈弟、仲宣七哀、公幹思友、阮籍詠懷、子卿雙鳧、叔夜雙鸞、茂先寒夕、平叔衣單、安仁倦暑、景陽苦雨、靈運鄴中、士衡擬古、越石感亂、景純詠仙、王微風月、謝客山泉、叔源離宴、鮑照戍邊、太沖詠史、顏延入洛、陶公詠貧之製、惠連擣衣之作、斯皆五言之警策者也、所謂篇章之珠澤、文彩之鄧林、

梁昭明太子

文選序

式觀元始、眇覿玄風、冬穴夏巢之時、茹毛飲血之世、世質民淳、斯文未作、逮乎伏羲氏之王天下也、始畫八卦、造書契、以代結繩之政、由是文籍生焉、易曰、觀乎天文

以祭時變、觀乎人文以化成天下、文之時義遠矣哉、若夫椎輪爲大輅之始、大輅寧有椎輪之質、增冰爲積水所成、積水曾微增冰之凜、何哉、蓋踵其事而增華、變其本而加厲、物既有之、文亦宜然、隨時變改、難可詳悉、嘗試論之曰、詩序云、詩有六藝焉、一曰風、二曰賦、三曰比、四曰興、五曰雅、六曰頌、至於今之作者、異乎古昔、古詩之體、今則全取賦名、荀宋表之於前、賈馬繼之於末、自茲以降、源流實繁、述邑居則有憑虛亡是之作、戒畋遊則有長楊羽獵之制、若其紀一事、詠一物、風雲草木之興、魚蟲禽獸之流、推而廣之、不可勝載矣、又楚人屈原、含忠履潔、君匪從流、臣進逆耳、深思遠慮、遂放湘南、耿介之意既傷、壹鬱之懷靡愬、臨淵有懷沙之志、吟澤有憔悴之容、騷人之文、自茲而作、詩者、蓋志之所之也、情動於中而形於外、關雎麟趾、正始之道著、桑間濮上、亡國之音表、故風雅之道、粲然可觀、自炎漢中葉、厥塗漸異、退傅有在鄒之作、降將著河梁之篇、四言五言、區以別矣、又少則三字、多則九言、各體互興、分鑣並驅、頌者所以游揚德業、褒贊成功、吉甫有穆若之談、季子有至矣之嘆、舒布爲詩、既言如彼、總成爲頌、又亦若此、次則箴興於補闕、戒出於弼匡、論則析理精微、銘則序事清潤、美終則誄發、圖像則讚興、又詔誥教令之流、表奏牋記之列、書誓符檄之品、弔祭悲哀之作、答客指事之制、三言八字之文、篇辭引序、碑碣誌狀、衆制鋒起、源流間出、譬陶匏異器、並爲入耳之娛、黼黻不同、俱爲悅目之翫、作者之致、蓋云備矣、余監撫餘閑、居多暇日、歷觀文囿、泛覽辭林、未嘗不心遊目想、移晷忘倦、自姬漢以來、眇焉悠邈、時更七代、數逾千祀、詞人才子、則名溢於縹囊、飛文染翰、則卷盈乎緗帙、自非略其蕪穢、集其清英、蓋欲兼功、太半難矣、若夫姬公之籍、孔父之書、與日月俱懸、鬼神爭奥、孝敬之准式、人倫之師友、豈可重以芟夷、加之剪截、老莊之作、管孔之流、蓋以立意爲宗、不以能文爲本、今之所撰、又以畧諸、若賢人之美辭、忠臣之抗直、謀夫之話、辨士之端、冰釋泉涌、金相玉振、所謂坐狙邱、議稷下、仲連之卻秦軍、食其之下齊國、留侯之發八難、曲逆之吐六奇、蓋乃事美一時、語流千載、概見墳籍、旁出子史、若斯之流、又亦繁博、雖傳之簡牘、而事異篇章、今之所集、亦所不取、至於記事之史、繫年之書、所以褒貶是非、紀別異同、方之篇翰、亦已不同、若其讚論之綜緝辭采、序述之錯比文華、事出於沈思、義歸乎翰藻、故與夫篇什、雜而集之、遠自周

宰、迄於聖代、都爲三十卷、名曰文選云爾、

蕭子顯

南齊書文學傳論

史臣曰、文章者、蓋情性之風標、神明之律呂也、蘊思含毫、遊心內運、放言落紙、氣韻天成、莫不稟以生靈、遷乎愛嗜、機見殊門、賞悟紛雜、若子桓之品藻人材、仲治之區判文體、陸機辨於文賦、李充論於翰林、張眎擿句褒貶、顏延圖寫情興、各任懷抱、共爲權衡、屬文之道、事出神思、感召無象、變化不窮、俱五聲之音響、而出言異句、等萬物之情狀、而下筆殊形、詠詩規範、本之雅什、流分條散、各以言區、若陳思代馬羣章、王粲飛鸞諸製、四言之美、前超後絕、少卿離詞、五言才骨、難與爭鶩、桂林湘水、平子之華篇、古館玉池、魏文之麗篆、七言之作、非此誰先、卿雲巨麗、升堂冠冕、張左恢廓、登高不繼、賦貴披陳、未或加矣、顯宗之述傅毅、簡文之摛彥伯、分言制句、多得頌體、裴頠內侍、元規鳳池、子章以來、章表之選、孫綽之碑、嗣伯喈之後、謝莊之誄、起安仁之塵、顏延揚瓚、自比馬督、以多稱貴、歸莊爲允、王褒僮約、束晳發蒙、滑稽之流、亦

何奇瑋五言之製、獨秀衆品、習玩爲理、事久則瀆、在乎文章、彌患凡舊、若無所變、不能代雄、建安一體、典論短長互出、潘陸齊名、機岳之文永異、江左風味、盛道家之言、郭璞舉其靈變、許詢極其名理、仲文玄氣、猶不盡除、謝混情新、得名未盛、顏謝並起、乃各擅奇、休鮑後出、咸亦標世、藍朱共妍、不相祖述、今之文章作者雖衆、總而爲論、略有三體、一則啓心閑繹、托辭華曠、雖存巧綺、終致迂回、宜登公宴、本凡准的、而疎慢闡緩、膏肓之病、典正可採、酷不入情、此體之流、出靈運而成也、次則緝事比類、非對不發、博物可嘉、職成拘制、或借古語用伸今情、崎嶇牽引、直爲偶說、唯覩事例、頓失清采、此則傳咸五經、應璩指事、雖不全似、可以類從、次則發唱驚挺、操調險急、雕藻淫豔、傾炫心魂、亦由五色之有紅紫、八音之有鄭衛、斯鮑照之遺烈也、三體之外、請試妄談、若夫委自天機、參之史傳、應思悱來、勿先構聚、言尚易了、文憎過意、吐石含金、滋潤婉切、雜以風謠、輕脣利吻、不雅不俗、獨中胸懷、輪扁斲輪、言之未盡、文人談士、罕或兼工、非惟識有不周、道實相妨、談家所習、理勝其詞、就此求文、終然翳奪、故兼之者鮮矣、

李諤

上高祖革文華書

臣聞古先哲王之化人也、必變其視聽、防其嗜慾、塞其邪放之心、示以淳和之路、五教六行爲訓人之本、詩書禮易爲道義之門、故能家復孝慈、人知禮讓、正俗調風、莫大於此、其有上書獻賦、制誄鐫銘、皆以褒德序賢、明勳證理、苟非懲勸、義不徒然、降及後代、風敎漸落、魏之三祖、更尙文詞、忽君人之大道、好雕蟲之小藝、下之從上、有同影響、競騁文華、遂成風俗、江左齊梁、其弊彌甚、貴賤賢愚、惟務吟詠、遂復遺理存異、尋虛逐微、競一韻之奇、爭一字之巧、連篇累牘、不出月露之形、積案盈箱、唯是風雲之狀、世俗以此相高、朝廷據茲擢士、祿利之路既開、愛尙之情愈篤、於是閭里童昏、貴游總丱、未窺六甲、先製五言、至如羲皇舜禹之典、伊傅周孔之說、不復關心、何嘗入耳、以傲誕爲淸虛、以緣情爲勳績、指儒素爲古拙、用詞賦爲君子、故文筆日繁、其政日亂、良由棄大聖之軌模、構無用以爲用也、捐本逐末、流徧華壤、遞相師祖、久而愈扇、及大隋受命、聖道聿興、屏黜浮詞、遏止華僞、自非懷經抱質、志道依仁、不得引預搢紳、參廁纓冕、開皇四年、普詔天下、公私文翰、並宜實錄、其年九月、泗州刺史司馬幼之文表華豔、付所司推罪、自是公卿大臣、咸知正道、莫不鑽仰墳素、棄絕華綺、擇先王之令典、行大道於茲世、然聞外州遠縣、仍踵弊風、選吏舉人、未遵典則、宗黨稱孝、鄉曲歸仁、學必典謨、交不苟合、則擯落私門、不加收齒、其學不稽古、逐俗隨時、作輕薄之篇章、結朋黨而求譽、則選充吏職、舉送天朝、蓋由縣令刺史、未行風教、尤挾私情、不存公道、臣既忝憲司、職當糾察、若聞風即劾、恐挂漏者多、請勅有司、普加搜訪、有如此者、具狀送臺、

魏徵

隋書文學傳序

易曰、觀乎天文、以察時變、觀乎人文、以化成天下、傳曰、言身之文也、言而不文、行之不遠・故堯曰則天、表文明之稱、周云盛德、著煥乎之美、然則文之爲用、其大矣哉、上所以敷德教於下、下所以達情志於上、大則經天緯地、作訓垂範、次則風謠歌頌、匡主和民、或離讒放逐之臣、塗窮後門之世、道轗軻而未遇、去鬱抑而不申、憤激委

約之中、飛文魏闕之下、奮迅泥滓、自致青雲、振沈溺於一朝、流風聲於千載、往往而有、是以凡百君子、莫不用心焉、自漢魏以來、迄乎晉宋、其體屢變、前哲論之詳矣、暨永明天監之際、太和天保之間、洛陽江左、文雅尤盛、於時作者、濟陽江淹、吳郡沈約、樂安任昉、濟陰溫子昇、河間邢子才、鉅鹿魏伯起等、並學窮書圃、思極人文、縟綵鬱於雲霞、逸響振於金石、英華秀發、波瀾浩蕩、筆有餘力、詞無竭源、方諸張蔡曹王、亦各一時之選也、聞其風者、聲馳景慕、然彼此好尚、互有異同、江左宮商發越、貴於清綺、河朔詞義貞剛、重乎氣質、氣質則理勝其詞、清綺則文過其意、理深者便於時用、文華者宜於詠歌、此其南北詞人得失之大較也、若能掇彼清音、簡茲累句、各去所短、合其兩長、則文質彬彬、盡善盡美矣、梁自大同之後、雅道淪缺、漸乖典則、爭馳新巧、簡文湘東、啓其淫放、徐陵庾信、分路揚鑣、其意淺而繁、其文匿而彩、詞尚輕險、情多哀思、格以延陵之聽、蓋亦亡國之音乎、周氏呑併梁荊、此風扇於關右、狂簡斐然成俗、流宕忘返、無所取裁、高祖初統萬機、每念斲彫爲樸、發號施令、咸去浮華、然時俗詞藻、猶多淫麗、故憲臺執法、屢飛霜簡、煬帝初習藝文、有非輕側之論、暨乎即位、一變其風、其與越公書建東都詔冬至受朝詩及擬飲馬長城窟、並存雅體、歸於典制、雖意在驕淫、而詞無浮蕩、故當時綴文之士、遂得依而正焉、所謂能言者未必能行、蓋亦君子不以人廢言也、爰自東帝歸秦、逮乎青蓋入洛、四隩咸集、九州攸同、江漢英靈、燕趙奇俊、並該天網之中、俱爲大國之寶、言刈其楚、片善每遺、潤水圓流、不能十數、才之難也、不其然乎、時之文人、見稱當世、則范陽盧思道、安平李德林、河東薛道衡、趙郡李元操、鉅鹿魏澹、會稽虞世基、河東柳䛒、高陽許善心等、或鷹揚河朔、或獨步漢南、俱騁龍光、並驅雲路、各有本傳、論而敘之、其潘徽萬壽之徒、或學優而不切、或才高而無貴仕、其位可得而卑、其名不可堙沒、今總之於此、爲文學傳云、

韓愈

答李翊書

六月二十六日、愈白李生足下、生之書辭甚高、而其問何下而恭也、能如是、誰不欲告生以其道、道德之歸也、有日矣、況其外之文乎、抑愈所謂望孔子之門牆而不入於其宮者、焉足以知是且非邪、雖然、不可不爲生言之、生所謂立言者是也、生所

爲者與所期甚似而幾矣、抑不知生之志蘄勝於人而取於人耶、將蘄至於古之立言者耶、蘄勝於人而取於人、則固勝於人而可取於人矣、將蘄至於古之立言者、則無望其速成、無誘於勢利、養其根而竢其實、加其膏而希其光、根之茂者其實遂、膏之沃者其光煜、仁義之人、其言藹如也、抑又有難者、愈之所爲不自知其至猶未也、雖然、學之二十餘年矣、始者非三代兩漢之書不敢觀、非聖人之志不敢存、處若忘、行若遺、儼乎其若思、茫乎其若迷、當其取於心而注於手也、惟陳言之務去、戛戛乎其難哉、其觀於人不知其非笑之爲非笑也、如是者亦有年、猶不改、然後識古書之正僞與雖正而不至焉者、昭昭然白黑分矣、而務去之、乃徐有得也、當其取於心而注於手也、汩汩然來矣、其觀於人也、笑之則以爲喜、譽之則以爲憂、以其猶有人之說者存也、如是者亦有年、然後浩乎其沛然矣、吾又懼其雜也、迎而距之、平心而察之、其皆醇也、然後肆焉、雖然不可以不養也、行之乎仁義之途、游之乎詩書之源、無迷其途、無絕其源、終吾身而已矣、氣水也、言浮物也、水大而物之浮者大小畢浮、氣之與言猶是也、氣盛則言之短長與聲之高下者皆宜、雖如是、其敢自謂幾於成乎、雖幾於成、其用於人也奚取焉、雖然待用於人者、其肖於器邪、用與舍屬諸人、君子則不然、處心有道、行已有方、用則施諸人、舍則傳諸其徒、垂諸文而爲後世法、如是者其亦足樂乎、其無足樂也、有志乎古者希矣、志乎古必遺乎今、吾誠樂而悲之、亟稱其人所以勸之、非敢褒其可褒而貶其可貶也、問於愈者多矣、念生之言不志乎利、聊相爲言之、愈白、

白居易

與元九書（節錄）

夫文尚矣、三才各有文、天之文三光首之、地之文五材首之、人之文六經首之、就六經言、詩又首之、何者、聖人感人心而天下和平、感人心者莫先乎情、莫始乎言、莫切乎聲、莫深乎義、詩者、根情、苗言、華聲、實義、上至聖賢、下至愚騃、微及豚魚、幽及鬼神、羣分而氣同、形異而情一、未有聲入而不應、情交而不感者、聖人知其然、因其言、經之以六義、緣其聲、緯之以五音、音有韻、義有類、韻協則言順、言順則聲易入、類舉則情見、情見則感易交、於是孕大含深、貫微洞密、上下通而一氣泰、憂樂合而百志

熙、二帝三王所以直道而行、垂拱而理者、揭此以爲大柄、決此以爲大寶也、故聞元首明股肱良之歌、則知虞道昌矣、聞五子洛汭之歌、則知夏政荒矣、言者無罪、聞者作戒、言者聞者莫不兩盡其心焉、洎周衰秦興、採詩官廢、上不以詩補察時政、下不以歌洩導人情、乃至於諂成之風動、救失之道缺、於時六義始刓矣、國風變爲騷詞、五言始於蘇李、蘇李騷人、皆不遇者、各繫其志、發而爲文、故河梁之句、止於傷別、澤畔之吟、歸於怨思、徬徨抑鬱、不暇及他耳、然去詩未遠、梗概尚存、故興離別則引雙鳧一雁爲喻、諷君子小人則引香草惡鳥爲比、雖義類不具、猶得風人之什二三焉、於時六義始缺矣、晉宋已還、得者蓋寡、以康樂之奧博、多溺於山水、以淵明之高古、偏放於田園、江鮑之流、又狹於此、如梁鴻五噫之例者、百無一二、於時六義寖微矣、陵夷至於梁陳間、率不過嘲風雪弄花草而已、噫、風雪花草之物、三百篇中豈捨之乎、顧所用何如耳、設如北風其涼、假風以刺威虐也、雨雪霏霏、因雪以愍征役也、棠棣之華、感華以諷兄弟也、采采芣苢、美草以樂有子也、皆興發於此、而義歸於彼、反是者可乎哉、然則餘霞散成綺、澄江淨如練、離花先委露、別葉乍辭風之什。麗則麗矣、吾不知其所諷焉、故僕謂嘲風雪弄花草而已、於時六義盡去矣、唐興二百年、其間詩人不可勝數、所可舉者陳子昂有感遇詩二十首、鮑防有感興詩十五首、又詩之豪者稱李杜、李之作才已奇矣、人不逮矣、索其風雅比興十無一焉、杜詩最多、可傳者千餘首、至於貫穿古今、覼縷格律、盡工盡善、又過於李、然撮其新安吏石壕吏潼關吏塞蘆子留花門之章、朱門酒肉臭、路有凍死骨之句、亦不過十三四、杜尚如此、況不逮杜者乎、

元稹

唐故檢校工部員外郞杜君墓誌銘節錄

敘曰、余讀詩至杜子美、而知大小之有所總萃焉、始堯舜時、君臣以賡歌相和、是後詩人繼作、歷夏殷周千餘年、仲尼緝拾選練、取其干預教化之尤者三百篇、其餘無聞焉、騷人作而怨憤之態繁、然猶去風雅日近、尙相比擬、秦漢已還、採詩之官既廢、天下妖謠民謳、歌頌諷賦、曲度嬉戲之詞、亦隨時間作、至漢武帝賦柏梁詩、而七言之體興、蘇子卿李少卿之徒、尤工爲五言、雖句讀文律各異、雅鄭之音亦雜、而詞

意簡遠、指事言情、自非有爲而爲、則文不妄作、建安之後、天下文士遭罹兵戰、曹氏父子、鞍馬間爲文、往往橫槊賦詩、其遒壯抑揚、寃哀悲離之作、尤極於古、晉世風槪稍存、宋齊之間、教失根本、士子以簡慢歙習舒徐相尙、文章以風容色澤放曠精淸爲高、蓋吟寫性靈、流連光景之文也、意義格力、固無取焉、陵遲至於梁陳、淫豔刻飾、佻巧小碎之詞劇、又宋齊之所不取也、唐興、官學大振、歷世之文、能者互出、而又沈宋之流、研練精切、穩順聲勢、謂之爲律詩、由是而後、文變之體極焉、然而莫不好古者遺近、務華者去實、效齊梁則不逮於魏晉、工樂府則力屈於五言、律切則骨格不存、閑暇則纖穠莫備、至於子美、蓋所謂上薄風雅、下該沈宋、言奪蘇李、氣吞曹劉、掩顏謝之孤高、雜徐庾之流麗、盡得古今之體勢、而兼人人之所獨專矣、使仲尼鍛其旨要、尙不知貴其多乎哉、苟以其能所不能、無可無不可、則詩人以來、未有如子美者、是時山東人李白、亦以奇文取稱、時人謂之李杜、余觀其壯浪縱恣、擺去拘束、摸寫物象、及樂府歌詩、誠亦差肩於子美矣、至若鋪陳終始、排比聲韻、大或千言、次猶數百、詞氣豪邁、而風調淸深、屬對律切、而脫棄凡近、則李尙不能歷其藩翰、況堂奧乎、予嘗欲條析其文體別相附、與來者爲之準、特病嬾未就耳、適遇子美之孫嗣業、啓子美之柩、襄祔事於偃師、途次於荆、雅知余愛言其大父之爲文、拜余爲誌辭、不能絕、余因係其官閥而銘其卒葬云、

李德裕

文章論

魏文典論稱文以氣爲主、氣之清濁有體、斯言盡之矣、然氣不可以不貫、不貫則雖有英詞麗藻、如編珠綴玉、不得爲全璞之寶矣、鼓氣以勢壯爲美、勢不可以不息、不息則流宕而忘返、亦猶絲竹繁奏、必有希聲窈眇、聽之者悅聞、如川流迅激、必有洄洑逶迤、觀之者不厭、從兄翰嘗言文章如千兵萬馬、風恬雨霽、寂無人聲、蓋謂是也、近世誥命惟蘇廷碩敘事之外、自爲文章、才實有餘、用之不竭、沈休文獨以音韻爲切、重輕爲難、語雖甚工、旨則未遠矣、夫荆璧不能無瑕、隋珠不能無纇、文旨高妙、豈以音韻爲病哉、此可以言規矩之內、未可以言文外意也、較其師友、則魏文與王陳應劉討論之矣、江南惟於五言爲妙、故休文長於音韻、而謂靈均以來、此祕未覩、

不亦誣人甚矣、古人辭高者蓋以言妙而工、適情不取於音韻、意盡而止、成篇不拘於隻耦、故篇無足曲、詞寡累句、譬諸音樂、古辭如金石琴瑟、尙於至音、今文如絲竹鞞鼓、迫於促節、卽知聲律之爲弊也甚矣、世有非文章者曰、詞不出於風雅、思不越於離騷、模寫古人、何足貴也、余曰、譬諸日月、雖終古常見、而光景常新、此所以爲靈物也、余嘗爲文箴、今載於此、曰、文之爲物、自然靈氣、惚恍而來、不思而至、杼柚得之、澹而無味、琢刻藻繪、彌不足貴、如彼璞玉、磨礱成器、奢者爲之、錯以金翠、美質旣彫、良寶斯棄、此爲文之大旨也、

邵　雍

伊川擊壤集序

擊壤集、伊川翁自樂之詩也、非唯自樂、又能樂時與萬物之自得也、伊川翁曰、子夏謂詩者志之所之也、在心爲志、發言爲詩、情動於中而形於言、聲成其文而謂之音、是知懷其時則謂之志、感其物則謂之情、發其志則謂之言、揚其情則謂之聲、言成章則謂之詩、聲成文則謂之音、然後聞其詩聽其音、則人之志情可知之矣、且情

有七、其要在二、二謂身也、時也、謂身則一身之休戚也、謂時則一時之否泰也、一身之休戚則不過貧富貴賤而已、一時之否泰則在夫興廢治亂者焉、是以仲尼刪詩、十去其九、諸侯千有餘國、風取十五、西周十有二王、雅取其六、蓋垂訓之道、善惡明著者存焉耳、近世詩人、窮慼則職于怨憝、榮達則專于淫泆、身之休戚、發于喜怒、時之否泰、出于愛惡、殊不以天下大義而爲言者、故其詩大率溺于情好也、噫、情之溺人也、甚于水、古謂水能載舟、亦能覆舟、是覆載在水也、不在人也、載則爲利、覆則爲害、是利害在人也、不在水也、不知覆載能使人有利害邪、利害能使水有覆載邪、二者之間、必有處焉、就如人能踏水、非水能踏人也、然而有稱善踏水者、未始不爲水之所害、人若外利而踏、水之情亦由人之情也、若利內而踏、水利而敗壞之患立至於前、又何必分乎人焉水焉、其傷性害命一也、性者、道之形體也、性傷則道亦從之矣、心者、性之郛郭也、心傷則性亦從之矣、身者、心之區宇也、身傷則心亦從之矣、物者、身之舟車也、物傷則身亦從之矣、是知以道觀性、以性觀心、以心觀身、以身觀物、治則治矣、然猶未離乎害者也、不若以道觀道、以性觀性、以心觀心、以身觀身、以物觀物、則雖欲相傷、其可得乎、若然、則以家觀家、以國觀國、以天下觀天下、亦從而可知之矣、予自壯歲業於儒術、謂人世之樂何嘗有萬之一二、而謂名敎之樂固有萬萬焉、況觀物之樂、復有萬萬者焉、雖死生榮辱轉戰于前、曾未入於胸中、則何異四時風花雪月一過乎眼也、誠爲能以物觀物而兩不相傷者焉、蓋其間情累都忘去爾、所未忘者、獨有詩在焉、然而雖曰未忘、其實亦若忘之矣、何者、謂其所作異人之所作也、所作不限聲律、不沿愛惡、不立固必、不希名譽、如鑑之應形、如鍾之應聲、其或經道之餘、因靜照物、因時起志、因物寓言、因志發詠、因言成詩、因詠成聲、因詩成音、是故哀而未嘗傷、樂而未嘗淫、雖曰吟詠性情、曾何累於情哉、鐘鼓樂也、玉帛禮也、與其嗜鐘鼓玉帛、則斯言也不能無陋矣、必欲廢鐘鼓玉帛、則其如禮樂何、人謂風雅之道行於古而不行於今、殆非通論、牽於一身而爲言者也、吁、獨不念天下爲善者少、而害善者多、造危者衆、而持危者寡、志士在畎畝、則以畎畝言、故其詩名之曰伊川擊壤集、

歐陽修

書梅聖俞稿後

凡樂達天地之和、而與人之氣相接、故其疾徐奮動、可以感於心、歡欣惻愴、可以察於聲、五聲單出於金石不能自和也、而工者和之、然抱其器知其聲、節其廉肉而調其律呂。如此者工之善也今指其器以問於工曰、彼簨者簴者、堵而編執而列者、何也、彼必曰、鼗鼓鍾磬絲管干戚也、又語其聲以問之曰、彼淸者濁者、剛而奮柔而曼衍者、或在郊或在廟堂之下而羅者、何也、彼必曰、八音五聲六代之曲、上者歌而下者舞也、其聲器名物皆可以數而對也、然至於動盪血脈、流通精神、使人可以喜可以悲、或歌或泣、不知手足鼓舞之所然、問其何以感之者、則雖有善工、猶不知其所以然焉、蓋不可得而言也、樂之道深矣、故工之善者、必得於心應於手、而不可述之言也、聽之善者、亦必得於心而會以意、不可得而言也、堯舜之時、夔得之以和人神、舞百獸、三代春秋之際、師襄師曠州鳩之徒得之、爲樂官理國家、知興亡、周衰官失、樂器淪亡、散之河海、逾千百歲間、未聞有得之者、其天地人之和氣相接者、既不得泄於金石、疑其遂獨鍾於人、故其人之得者、雖不可和於樂、尚能歌之詩、古者登歌清廟、太師掌之、而諸侯之國、亦各有詩、以道風土性情、至於投壺饗射、必使工歌以達其意、而爲賓樂、蓋詩者樂之苗裔歟、漢之蘇李、魏之曹劉、得其正始、宋齊而下、得其浮淫流泆、唐之時、子昂李杜沈宋王維之徒、或得其淳古淡泊之聲、或得其舒和高暢之節、而孟郊賈島之徒、又得其悲愁鬱湮之氣、由是而下、得者時有而不純焉、今聖俞亦得之、然其要長於本人情、狀風物、英華雅正、變態百出、哆兮其似春、淒兮其似秋、使人讀之可以喜、可以悲、陶暢酣適、不知手足之將鼓舞也、斯固得深者耶、其感人之至、所謂與樂同其苗裔者耶、余嘗問詩於聖俞、其聲律之高下、文語之疵病、可以指而告余也、至其心之得者、不可以而告也、余亦將以心得意會而未能至之者也、聖俞久在洛中、其詩亦往往人皆有之、今將告歸、余因求其稿而寫之、然夫前所謂心之所得者、如伯牙鼓琴、子期聽之、不相語而意相知也、余今得聖俞之稿、猶伯牙之琴絃乎、

蘇軾

答謝民師書

軾啓、軾受性剛直、學迂材下、坐廢累年、不敢復齒縉紳、自還海北、見平生親舊、惘然如隔世人、況於左右無一日之雅、而敢求交乎、數賜見臨、傾蓋如故、幸甚過望、不可言也、所示書教及詩賦雜文、觀之熟矣、大略如行雲流水、初無定質、但常行於所當行、常止於不可不止、文理自然、姿態橫生、孔子曰、言之不文、行之不遠、又曰、詞達而已矣、夫言止於達意、則疑若不文、是大不然、求物之妙、如繫風逮影、能使了然於心者、蓋千萬人而不一遇也、而況能使了然於口乎、是之謂詞達、詞至於能達、則文不可勝用矣、揚雄好爲艱深之詞、以文淺易之說、若正言之、則人人知之矣、此正所謂雕蟲篆刻者、其太元法言皆是物也、而獨悔於賦、何哉、終身雕篆、而獨變其音節、便謂之經、可乎、屈原作離騷經、蓋風雅之再變者、雖與日月爭光可也、可以其似賦而謂之雕蟲乎、使賈誼見孔子、升堂有餘矣、而乃以賦鄙之、至與司馬相如同科、雄之陋如此比者甚衆、可與知者道、難與俗人言也、因論文偶及之耳、歐陽文忠公言、文章如精金美玉、市有定價、非人所能以口舌定貴賤也、紛紛多言、豈能有益於左右、愧悚不已、

黃庭堅

胡宗元詩集序

士有抱青雲之器而陸沈林皋之下、與麋鹿同羣、與草木共盡、獨託於無用之空言、以為千歲不朽之計、謂其怨邪、則其言仁義之澤也、謂其不怨邪、則又傷己不見其人、然則其言不怨之怨也、夫寒暑相推、草木與榮衰焉、慶榮而弔衰、其鳴皆若有謂、候蟲是也、不得其平、則聲若雷霆、澗水是也、寂寞無聲、以宮商考之、則動而中律、金石絲竹是也、維金石絲竹之聲、國風雅頌之言似之、澗水之聲、楚人之言似之、至於候蟲之聲、則末世詩人之言似之、今夫詩人之玩於詞、以文物為工、終日不休、若舉世之不知者、以待世之知者、然而其喜也無所於逢、其怨也無所於伐、能春能秋、能雨能暘、發於心之工伎而好其音、造物者不能加焉、故余無以命之、而寄於候蟲焉、清江胡宗元、自結髮迄於白首、未嘗廢書、其胸次所藏、不肯下一世之士也、前莫輓、後莫推、是以窮於丘壑、然以其耆老於翰墨、故後生晚出、無不讀書而好文、其卒也、子弟門人次其詩為若干卷、宗元之子遺道嘗與予為僚、故持其詩來求序於篇首、觀宗元之詩、好賢而樂善、安土而俟時、寡怨之言也、可以追次其平生、見其少長不倦、忠信之士也、至於遇變而出奇、因難而見巧、又似於所論詩人之態也、其與託高遠、則附於國風、其忿世疾邪、則附於楚辭、後之觀宗元詩者、亦以是求之、故書而歸之胡氏、

晁補之

離騷新序

先王之盛時、四時各得其所、王道衰而變風變雅作、猶曰達於事變而懷其舊俗、舊俗之亡、惟其事變也、故詩人傷今而思古、情見乎辭、猶詩之風雅而既變矣、孟子曰王者之迹熄而詩亡、然則變風變雅之時、王迹未熄、詩雖變而未亡、詩亡而後離騷之辭作、非徒區區之楚辭不足道、而去王迹愈遠矣、一人之作、奚取於此也、蓋詩之所嗟嘆、極於傷人倫之廢、哀刑政之苛、而人倫之廢、刑政之苛、孰甚於屈原時邪、國無人、原以忠放、欲返幸君之一悟俗之一改也、一篇之中三致意焉、與夫三宿而後出晝、於心猶以爲速者、何異哉、世衰、天下皆不知止乎禮義、故君視臣如犬馬、則

臣視君如國人、而原一人焉、被讒且死、而不忍去、其辭止乎禮義可知、則是詩雖亡、至原而不亡矣、使後之爲人臣不得於君而熱中者、猶不懈乎愛君如此、是原有力於詩亡之後也、此離騷所以取於君子也、離騷遭憂也、終窶且貧、莫知我艱、北門之志也、何辜於天、我罪伊何、小弁之情也、以附益六經之教、於詩最近、故太史公曰、國風好色而不淫、小雅怨誹而不亂、若離騷者、可謂兼之矣、其義然也、又班固敍遷之言曰、大雅言王公大人、德逮黎庶、小雅譏小己之得失、其流及上、所言雖殊、其合德一也、司馬相如雖多虛辭濫說、然要其歸引之於節儉、此亦詩之風諫何異、揚雄以爲猶騁鄭衛之音、曲終而奏雅、不已戲乎、固善推本知之、賦與詩同出、與遷意類也、然則相如始爲漢賦、與雄皆祖原之步驟、而獨雄以其靡麗悔之、至其不失雅亦不能廢也、自風雅變而爲離騷、離騷變而爲賦、譬江有沱、乾肉爲脯、爲義亦出於此、時異然也、傳曰、賦者古詩之流也、故懷沙言賦、橘頌言頌、九歌言賦、天問言問、皆詩也、離騷備之矣、蓋詩之流至楚而爲離騷、至漢而爲賦、其後賦復變而爲詩、又變而爲雜言、長謠、問對、銘贊、操引、苟類出於楚人之解而小變者、雖百世可知、故參取之曰楚辭十六卷、舊錄也、曰續楚辭二十卷、曰變離騷二十卷、新錄也、使夫緣其辭者存其義、乘其流者反其源、謂原有力於詩亡之後、豈虛也哉、若漢唐以來所作、非楚人之緒、則不錄、

朱　熹

詩集傳序

或有問於余曰、詩何爲而作也、余應之曰、人生而靜、天之性也、感於物而動、性之欲也、夫既有欲矣、則不能無思、既有思矣、則不能無言、既有言矣、則言之所不能盡而發於咨嗟詠歎之餘者、必有自然之音響節族而不能已焉、此詩之所以作也、曰、然則其所以教者何也、曰、詩者人心之感物而形於言之餘也、心之所感有邪正、故言之所形有是非、惟聖人在上、則其所感者無不正、而其言皆足以爲教、其或感之之雜、而所發不能無可擇者、則上之人必思所以自反、而因有以勸懲之、是亦所以爲教也、昔周盛時、上自郊廟朝廷、而下達於鄉黨閭巷、其言粹然無不出於正者、聖人固已協之聲律、而用之鄉人、用之邦國、以化於下、至於列國之詩、則天子巡狩、亦

必陳而觀之、以行黜陟之典、降自昭穆而後、寖以陵夷、至於東遷而遂廢不講矣、孔子生於其時、既不得位、無以行帝王勸懲黜陟之政、於是特舉其籍而討論之、去其重複、正其紛亂、而其善之不足以爲法、惡之不足以爲戒者、則亦刊而去之、以從簡約、示久遠、使夫學者卽是而有以考其得失、善者師之而惡者改焉、是以其政雖不足行於一時、而其敎實被於萬世、是則詩之所以爲敎者然也、曰、然則國風雅頌之體、其不同若是、何也、曰、吾聞之、凡詩之所謂風者、多出於里巷歌謠之作、所謂男女相與詠歌、各言其情者也、惟周南召南親被文王之化以成德、而人皆有以得其性情之正、故其發於言者、樂而不過於淫、哀而不及於傷、是以二篇獨爲風詩之正經、自邶而下、則其國之治亂不同、人之賢否亦異、其所感而發者有邪正是非之不齊、而所謂先王之風者、於此焉變矣、若夫雅頌之篇、則皆成周之世、朝廷郊廟樂歌之詞、其語和而莊、其義寬而密、其作者往往聖人之徒、固所以爲萬世法程而不可易者也、至於雅之變者、亦皆一時賢人君子、閔時病俗之所爲、而聖人取之、其忠厚惻怛之心、陳善閉邪之意、猶非後世能言之士所能及之、此詩之爲經、所以人事浹於下、天道備於上、而無一理之不具也、曰、然則於學之也當奈何、曰、本之二南以求其端、參之列國以盡其變、正之於雅以大其規、和之於頌以要其止、此學詩之大旨也、於是乎章句以綱之、訓詁以紀之、諷詠以昌之、涵濡以體之、察之情性隱微之間、審之言行樞機之始、則修身及家、平均天下之道、其亦不待他求而得之於此矣、問者唯唯而退、余時方輯詩傳、因悉次是語以冠其篇云、

眞德秀

跋黃瀛甫擬陶詩

予聞近世之評詩者曰、淵明之辭甚高、而其指則出於莊老、康節之辭若卑、而其指則原于六經、以余觀之、淵明之學、正自經術中來、故形之於辭、有不可掩、榮木之憂、逝川之歎也、貧士之詠、簞瓢之樂也、飲酒末章有曰、羲農去我久、舉世少復眞、汲汲魯中叟、彌縫使之淳、淵明之智及此、是豈玄虛之士所可望邪、雖於遺寵辱、一得喪、眞有曠達之風、細玩其詞、亦悲涼感慨、非無意世事者、或者徒知義熙以後不著年號、爲恥事二姓之驗、而不知其眷眷王室、蓋乃祖長沙公之心、獨以力不得爲、故

肥遯以自絕、食薇飲水之言、銜木塡海之喻、至深痛切、顧讀者弗之察、淵明之志若是、又豈毀彝倫、外名教者、可同日語乎、三山黃君瀛甫擬作陶詩、優游澹泊、味出言外、蓋所謂亹亹近眞者、予嘗病世之論者於淵明之蘊、有所未究、故以是質之、而未知其當與否也。瀛甫其有以起予哉、

鄭樵

正聲序論

古之詩曰歌行、後之詩曰古近二體、歌行主聲、二體主文、詩爲聲也、不爲文也、浩歌長嘯、古人之深趣、今人既不尙嘯、而又失其歌詩之旨、所以無樂事也、凡律其辭則謂之詩、聲其詩則謂之歌、作詩未有不歌者也、詩者樂章也、或形之歌詠、或散之律、各隨所主而命、主於人之聲者、則有行有曲、散歌謂之行、入樂謂之曲、主於絲竹之音者、則有引有操有吟有弄、各有調以主之、攝其音謂之調、總其調亦謂之曲、凡歌行雖主人聲、其中調者、皆可以被之絲竹、凡引操吟弄、雖主絲竹、其有辭者、皆可以形之歌詠、蓋主於人者、有聲必有辭、主於絲竹者、取音而已、不必有辭、其有辭者、

通可歌也、近世論歌行者、求名以義、強生分別、正猶漢儒不識風雅頌之聲、而以義論詩也、且古有長歌行短歌行者、謂有聲詩之長短耳、崔豹吳競、大儒也、皆謂人壽命之短長、當其時已有此說、今之人何獨不然、嗚呼、詩在於聲不在於義、猶今都邑有新聲、巷陌競歌之、豈爲其辭義之美哉、直爲其聲新耳、禮失則求諸野、正爲此也、孔子曰、吾自衞反魯、然後樂正、雅頌各得其所、亦謂雅頌之聲有別、然後可以正樂、又曰、關雎樂而不淫、哀而不傷、亦謂關雎之聲和平、聞之者能令人感發而不失其度、若誦其文習其理、能有哀樂之事乎、二體之作、失其詩矣、縱者謂之古、拘者謂之樂、一言一句、窮極物情、工則工矣、將如樂何、樂府在漢初雖有其官、然采詩入樂自漢武始、武帝定郊祀、迺立樂府、采詩夜誦、則有趙代秦楚之謳、莫不以聲爲主、是時去三代未遠、猶有雅頌之遺風、及後人泥於名義、是以失其傳、故吳競譏其不覩本章、便斷題取義、贈利涉則述公無渡河、慶載誕乃引烏生八九子、賦雉子斑者但美繡頸錦臆、歌天馬者惟敍驕馳亂蹋、其間有如劉猛李餘輩、賦出門行不言離別、將進酒乃敘烈女事、用古題不用古義、知此意者蓋鮮矣、然使得其聲、則義之同異又不足道也、自永嘉之亂、禮樂日微則替、暨隋平陳、得其一二、則樂府之清商也、文帝聽而善之、曰、此華夏正聲也、乃置清商府、博采舊章、以求樂之所本在此、自隋之後、復無正聲、至唐能合於管絃者、明君、楊叛兒、驍壺、春歌、秋歌、白雪、堂堂、春江花月夜、八曲而已、不幾於亡乎、臣謹考撫古今、編繫節奏、庶正聲不墜於地矣、

吳　萊

論樂府主聲

昨出古詩考錄、自漢魏以下、迄於陳隋、上下千有餘年、正聲微茫、雅韻廢絕、未有慨然致力於古學者、但所言樂家所採者爲樂府、不爲樂家所採者爲古詩、遂合樂府古詩爲一通、以定作詩之法、不無疑焉、竊意古者樂府之說、樂家未必專取其辭物、特以其聲之徐者爲本、疾者爲解、解者何、樂之將徹聲必疾、猶今所謂闋也、漢書云、樂府有制氏、以雅樂世世在大樂官、但能識其鐘鼓鏗鏘而已、不能言其義、此則豈無其辭乎、辭者特聲之寓耳、故雖不究其義、獨存其聲也、漢初因秦雅人以制樂、韶爲文始、武爲五行、房中有壽人、壽人後易名安世、於辭十有九章、乃出於唐山夫

人之手、文始五行、有聲無辭、後世又皆變名易服、以示不相沿襲、於聲實不全殊也、及武帝定郊祀、立樂府、與司馬相如等數十人作爲詩賦、又採秦楚燕代之謳、使李延年稍協律呂、以合八音之調、如以辭而已矣、何待協哉、必其聲與樂家牴牾者多、然孝惠二年夏侯寬已爲樂府令、則樂府之立、又未必始於武帝也、豈武帝之世、特爲新聲、不用舊樂耶、自漢世古辭號爲樂府、沈約樂志、王僧虔技錄、則具載其辭、後世已不能悉得其聲矣、漢魏以降、大樂官一皆賤隸爲之、魏三祖所作、及夫歌章古調、率在江左、雖若淫哇綺靡、猶或從容閑雅、有士君子之風、隋文聽之、以爲華夏正聲、當時所有者、六十四曲、及鞞鐸巾拂等四舞、皆存唐長安中、工伎漸缺、其能合於管絃、去吳音浸遠、議者謂宜取之吳人、使之傳習、開元以後、北方歌工、僅能歌其一曲耳、時俗所知、多西涼龜茲樂、倘其辭之淪缺、未必止存一曲、豈其聲之散漫已久、不可復知耶、奈何後世擬古之作、曾不能倚其聲以造辭、而徒欲以其辭勝、齊梁之際、一切見之新辭、無復古意、至於唐世、又以古體爲今體、宮中樂、河滿子、特五言而四句耳、豈果論其聲耶、他若朱鷺雉子斑等曲、古者以爲標題、下則皆述別事、今返形容二禽之美以爲辭、果論其聲、則已不及乎漢世兒童巷陌之相和者矣、尙何以樂府爲哉、傳有之、興於詩、立於禮、成於樂、蓋詩之與樂、固爲二事、詩以其辭言者也、樂府以其聲言者也、今則欲毀樂府而盡爲古詩、以謂旣不能歌、徒與古詩均耳、殆不可令樂府從此而遂廢也、又聞學琴者言、琴操多出乎楚漢、或有聲無辭、其意趣高遠可喜、而有辭者反不逮、是則樂家未必專取其辭、而特以其聲爲主者又明矣、嘻、今之言樂府者、得無類越人之歌而楚人之說乎、昔者鄂君子晳之泛舟新波中也、榜枻越人歌之曰、濫兮抃草濫予昌元澤於昌州州𩜱州焉乎秦胥胥縵予乎昭澶秦踰滲惿隨河湖、鄂君子晳曰、吾不知越歌、子試爲我楚說之、乃召越譯而楚說之、曰、今夕何夕兮、搴舟中流、今日何日兮、得與王子同舟、蒙羞被好兮、不訾詬恥心幾頑而不絕兮、知得王子、山有木兮木有枝、心悅君兮君不知、其聲則越、其辭則楚、楚越之相去也不遠、猶不能辨、又況自今距古、千有餘年、而欲究其孰是孰非、不亦難乎、昔唐史臣吳競有樂府解題、近世莆田鄭樵又爲樂府正聲、遺聲、樵性愛奇、卒無所去取、競則列敘古樂、而復引吳均輩新曲、均豈可與漢魏比倫哉、若樵又以天時人事鳥獸草木、各附其類、無時世先後、而欲以當聖人所删之逸詩、是亦無異乎文中子之續詩也、今欲一定作詩之法、且以考古聲、自名古樂府之名、不可以不存、存之則其辭是也、擬之則其聲非也、不然吾願以李杜爲法、太白有樂府、又必摹擬古人已成之辭、要之或其聲之有似者、少陵則不聞有樂府矣、幸悉以教我、毋多讓焉、

孟　昉

十二月樂詞引

凡文章之有韻者、皆可歌也、第時有升降、言有雅俗、調有古今、聲有淸濁、原其所自、無非發人心之和、非六德之外、別有一律呂也、漢魏晉宋之有樂府、人多不能曉、唐始有詞、而宋因之、其知之者亦罕見其人焉、今之歌曲、比於古詞、有名同而言簡者、時亦復有與古相同者、此皆世變之所致、非故求異乖諸古而強合於今也、使今之曲歌於古、猶古之曲也、古之詞歌於今、猶今之詞也、其所以和人之心養性情者、奚古今之異哉、先哲有言、今之樂猶古之樂、不其然歟、嘗讀李長吉十二月樂詞、其

意新而不蹈襲、句麗而不慆淫、長短不一、音節亦異、傍搆冥思、朝涵夕詠、諧五聲以攡其腔、和八音以符其調、尋繹日久、竟無所得、遂輟其學以待知音者出、而余承其教焉、因增損其語而檃括爲天淨沙、如其首數、不惟於尊席之間、便於宛轉之喉、且以發長吉之蘊藉、使不掩其聲者、愼勿曰侮賢者之言云、

宋　濂

答章秀才論詩書

濂白秀才足下・承書知學詩弗倦、且疑歷代詩人皆不相師、旁引曲證、亹亹數百言、自以爲確乎弗拔之論、濂竊以爲世之善論詩者、其有出於足下乎、雖然不敢從也、濂非能詩者、自漢魏以至乎今、詩家之什不可謂不攻習也、薦紳先生之前、亦不可謂不磨切也、揆於足下之論、容或有未盡者、請以所聞質之可乎、三百篇勿論已、姑以漢言之、蘇子卿李少卿非作者之首乎、觀二子之所著、紆曲悽惋、實宗國風與楚人之辭、二子既沒、繼者絕少、下逮建安黃初、曹子建父子起而振之、劉公幹王仲宣力從而輔翼之、正始之間、嵇阮又疊作、詩道於是乎大盛、然皆師少卿而馳騁於

風雅者也、自時厥後、正音衰微、至太康復中興、陸士衡兄弟則倣子建、潘安仁張茂先張景陽則學仲宣、左太冲張季鷹則法公幹、獨陶元亮天分之高、其先雖出於太冲景陽、究其所自得、直超建安而上之、高情遠韻、殆猶太羹充鉶、不假鹽醯、而至味自存者也、元嘉以還、三謝顏鮑爲之首、三謝亦本子建、而雜參於郭景純、延之則祖士衡、明遠則效景陽、而氣骨淵然、駸駸有西漢風、餘或傷於刻鏤、而乏雄渾之氣、較之太康則有間矣、永明而下、抑又甚焉、沈休文拘於聲韻、王元長局於褊迫、江文通過於摹擬、陰子堅涉於淺易、何仲言流於瑣碎、至於徐孝穆庾子山一以婉麗爲宗、詩之變極矣、然而諸人雖或遠式子建越石、近宗靈運元暉、方之元嘉則又不逮者爲、唐初承隋陳之弊、多尊徐庾、遂至頹靡不振、張子壽蘇廷碩張道濟相繼而興、各以風雅爲師、而盧昇之王子安務欲凌跨三謝、劉希夷王昌齡沈雲卿宋少連亦欲蹴駕江薛、固無不可者、奈何溺於久習、終不能改其舊、甚至以律法相高、益有四聲八病之嫌矣、唯陳伯玉痛懲其弊、專師漢魏、而友景純淵明、可謂挺然不羣之士、復古之功、於是爲大、開元天寶中、杜子美復繼出、上薄風雅、下該沈宋、才奪蘇李、氣吞曹劉、掩顏謝之孤高、雜徐庾之流麗、眞所謂集大成者、而諸作皆廢矣、並時而作有李太白、宗風騷及建安七子、其格極高、其變化若神龍之不可覊、有王摩詰、依倣淵明、雖運詞清雅、而萎弱少風骨、有韋應物、祖襲靈運、能壹寄穠鮮於簡淡之中、淵明以來、蓋一人而已、他如岑參高達夫劉長卿孟浩然元次山之屬、咸以興寄相高、取法建安、至於大歷之際、錢郎遠師沈宋、而苗崔盧耿吉李諸家、亦皆本伯玉而宗黃初、詩道於是爲最盛、韓柳起於元和之間、韓初效建安、晚自成家、勢若掀雷抉電、撑決於天地之垠、柳斟酌陶謝之中、而措辭窈眇清妍、應物而下、亦一人而已、元白近於輕俗、王張過於浮麗、要皆同師於古樂府、賈浪仙獨變入僻、以矯豔於元白、劉夢得步驟少陵、而氣韻不足、杜牧之沈潛靈運、而句意尚奇、孟東野陰祖沈謝、而流於蹇澀、盧同則又自出新意、而涉於怪詭、至於李長吉溫飛卿李商隱段成式專誇靡曼、雖人人各有所師、則詩之變又極矣、比之大曆、尚有所不逮、況厠之開元哉、過此以往、若朱慶餘項子遷李文山鄭守愚杜彥之吳子華輩、則又駁乎不足議也、宋初襲晚唐五季之弊、天聖以來、晏同叔錢希聖劉子儀楊大年數人、亦思有以革之、第皆師於義山、全乎古雅之風、追王元之以邁世之豪、俯就繩尺、以樂天爲法、歐陽永叔痛矯西崑、以退之爲宗、蘇子美梅聖俞介乎其間、梅之覃思精微、學孟東野、蘇之筆力橫絕、宗杜子美、亦頗號爲詩道中興、自若王禹玉之踵徽之、盛公量之祖韋應物、石延年之效牧之、王介甫之原三謝、雖不絕似、皆嘗得其髣髴者、元祐之間、蘇黃挺出、雖曰共師李杜、而競以己意相高、而諸作又廢矣、自此之後、詩人迭起、或波瀾富而句律疏、或煅煉精而情性遠、大抵不出於二家、觀於蘇門四學士、及江西宗派諸詩、蓋可見矣、陳去非雖晚出、乃能因崔德符而歸宿於少陵、有不爲流俗之所移易、馴至隆興之時、尤延之之清婉、楊廷秀之深刻、范至能之宏麗、陸務觀之敷腴、亦皆有可觀者、然終不離天聖元祐之故步、去盛唐爲益遠、下至蕭趙二氏、氣局荒頹、而音節促迫、則其變又極矣、由此觀之、詩之格力崇卑、固若隨世而變、然謂其皆不相師可乎、第所謂相師者、或有異焉、其上焉者師其意、辭固不似、而氣象無不同、其下焉者師其辭、辭則似矣、求其精神之所寓、固未嘗近也、然唯深於比興者、乃能察知之耳、雖然、爲詩當自名家、然後可傳於不朽、若體規畫圓、準方作矩、終爲人之臣僕、尙烏得謂之詩哉、是何者、詩乃吟咏性情之具、而所謂風雅頌者、皆出於吾之一心、特因事感觸而成、非智力之所能增損也、古之人其初雖有所沿襲、末復自成一家言、又豈規規然必於相師者哉、嗚呼、此未易爲初學道也、近來學者類多自高操觚、未能成章、輒闊視前古爲無物、且揚言曰、曹劉李杜蘇黃諸作雖佳、不必師、吾卽師師吾心耳、故其所作往往猖狂無倫、以揚沙走石爲豪、而不復知有純和沖粹之意、可勝歎哉、可勝歎哉、濂非能詩者、因足下之言、姑略誦所聞如此、唯足下裁擇焉、不宣、濂白、

吳訥

文章辯體辨詩

古詩大序曰、詩者志之所之也、詩有六義、曰風、曰雅、曰頌、曰賦、曰比、曰興、三百篇尙矣、以漢魏晉之蘇李曹劉實爲之首、晉宋以下、世道日變、而詩道亦從而變矣、晦菴先生嘗答鞏仲至有曰、古今詩凡三變、自漢桓以上爲一等、自晉宋間顏謝以後、下及唐初爲一等、自沈宋以後定著律詩、下及今日又爲一等、然自唐初以前爲詩

者固有高下、而法猶未變、至律詩出而後詩之與法始皆大變、無復古人之風矣、嘗欲抄取經史韻語下及文選漢魏古詞以盡郭景純陶淵明之作自爲一編、而附三百篇楚辭之後、以爲詩之根本準則又於其下二等之中、擇其近於古者各爲一編以爲羽翼輿衞其不合者、卽悉去之、不使接於耳目入於胸次要使方寸之中無一字世俗言語意思、則其爲詩不期於高遠而自高遠矣、嗚呼、學詩之法、朱子之言至矣盡矣、有志者勉焉、國風雅頌之詩、率以四言成章、若五七言之句則間出而僅有也、選詩四言漢有韋孟一篇魏晉間作者雖衆然惟陶靖節爲最、後村劉氏謂其停雲等作、突過建安是也、宋齊以降、作者日少獨唐韓柳元和聖德詩平淮夷雅膾炙人口、先儒有云二詩體製不同、而皆詞嚴氣偉、非後人所及、自是厥後、學詩者日以聲律爲尙而四言益鮮矣大抵四言之作拘於模擬者、則有蹈襲風雅辭意之譏、涉於理趣者、又有銘贊文體之誚惟能辭意融化而一出有性情六義之正者、爲得之矣、

辨騷賦

古賦、按賦者、古詩之流、漢藝文志曰、古諸侯卿大夫交接鄰國、必稱辭以喻意、春秋之後、聘問歌詠不行於列國、而賢人失志之賦作矣、大儒荀卿及楚臣屈原、離讒憂國、皆作賦以風、其後宋玉唐勒枚乘司馬相如下及揚子雲、競爲侈麗閎衍之辭、而風諭之義沒矣、迨近世祝氏著古賦辨體、因本其言而斷之曰、屈子離騷、卽古賦也、古詩之義、若荀卿成相僞詩是也、然其所載則以離騷爲首、而成相等勿錄、尙論世次、屈在荀後、而成相僞詩、亦非賦體、故今特附古歌謠後、而仍載楚辭於古賦之首、蓋欲學賦者必以是爲先也、宋景文公有云。離騷爲辭賦祖、後人爲之、如至方不能加矩、至圓不能過規、信哉、

楚辭、楚國名、祝氏曰、按屈原爲騷時、江漢皆楚地、蓋自王化行乎南國、漢廣江有汜諸詩、已列於二南十五國風之先、風雅旣變、而楚狂鳳兮滄浪孺子之歌、莫不發乎情止乎禮義、猶有詩人之義、但稍變詩之本體、以兮字爲讀、遂爲楚聲之萌蘗也、原最後出、本詩之義以爲騷、但世號楚辭、不正名曰賦、然自漢以來、賦家體製、大抵皆祖於是焉、又按晦庵先生曰、凡其寓情草本、託意男女、以極游觀之適者、變風之流也、敘事陳情、感今懷昔、不忘君臣之義者、變雅之類

也、其語祀神歌舞之盛、則幾乎頌矣、至其爲賦、則如騷經首章之云、比則如香草惡物之類、興則託物興詞、初不取義、如九歌沅芷澧蘭、以興思公子而未敢言之屬也、但詩之興多而比賦少、騷則興少而比賦多、作賦者要當辨此、而後辭義不失古詩之六義矣、　兩漢、祝氏曰、揚子雲云、詩人之賦麗以則、辭人之賦麗以淫、夫騷人之賦與詩人之賦雖異、然猶有古詩之義、辭雖麗而義可則、至詞人之賦、則辭極麗而過於淫蕩矣、蓋詩人之賦、以其吟咏情性也、騷人所賦、有古詩之義者、亦以其發於情也、其情不自知而形於辭、其辭不自知而合於禮、情形於辭、故麗而可觀、辭合於禮、故則而可法、如或失於情、尙辭而不尙意、則無興起之妙、而於則也何有、又或失於辭、尙禮而不尙辭、則無詠歌之遺、其於麗雅何有、二十五篇之騷、無非發於情者、故其賦也麗、其理也則、而有賦比興風雅頌諸義、漢興、賦家專取詩中賦之一義以爲賦、又取騷中贍麗之辭以爲辭、若情若禮、有不暇及、故其爲麗也、異乎風騷之麗、而則之與淫遂判矣、古今言賦、自騷之外、咸以兩漢爲古、蓋非魏晉以還所及、心乎古賦者、試當祖騷而宗漢、去其所以淫而取其所以則、庶不失古賦之本義云、　三國六朝、祝氏曰、嘗觀古之詩人、其賦古也則於古有懷、其賦今也則於今有感、其賦事也則於事有觸、其賦物也則於物有況、情之所在、索之而愈深、窮之則愈妙、彼其於辭、直寄焉而已矣、後之辭人、刋陳落腐、惟恐一語未新、搜奇摘豔、惟恐一字未巧、抽黃對白、惟恐一聯未偶、回聲揣病、惟恐一韻未協、辭之所爲整矣、而愈求研矣、而愈飾、彼其於情、直外焉而已矣、蓋西漢之賦、其辭工於楚騷、東漢之賦、其又工於西漢、以至三國六朝之賦、一代工於一代、辭愈工則情愈短、而味愈淺、則體愈下、建安七子、獨王仲宣辭賦有古風、至晉陸士衡輩文賦等作、已用俳體、流至潘岳、首尾絕俳、迨沈休文等四聲八病起、而俳體又入於律矣、徐庾繼出、又復隔句對聯以爲駢四儷六、簇事對偶、以爲博物洽聞、有辭無情、義亡體失、此六朝之賦所以益遠於古、然其中有安仁秋興、明遠舞鶴等篇、雖曰其辭不過後代之辭、乃若其情、則猶得古詩之餘情矣、於此只歎古今人情如此、其不相遠、古詩義其終不泯也、　唐祝氏曰、唐人之賦、大抵律多而古少、夫雕蟲道喪、頹波橫流、風騷不古、聲律大盛、句中拘對偶以趨時好、字中揣聲病以避時忌、孰肯學古、或就有爲古賦者、率以徐庾爲宗、亦不過少異於律爾、甚而或以五七言之詩、四六句之聯、以爲古賦者、中唐李太白、天才英卓、所作古賦、差強人意、但俳之蔓雖除、而律之根故在、雖下筆有光焰、時作奇語、然只是六朝賦爾、惟韓柳諸古賦、一以騷爲宗、而超出俳律之外、唐賦之古、莫古於此、至杜牧之阿房宮賦、古今膾炙、但大是論體、不復可專目爲賦矣、毋亦惡俳律之道、而特尚理以矯之乎、吁、先正有云、文章先體製而後文辭、學賦者其致思焉、

宋祝氏曰、宋人作賦、其體有二、曰俳體、曰文體、后山謂歐公以文體爲四六、夫四六者、屬對之文也、可以文體爲之、至於賦若以文體爲之、則是一片之文、押幾箇韻爾、而於風之優游、比興之假託、雅頌之形容、皆不兼之矣、晦翁云、宋朝文明之盛、前世莫及、自歐陽文忠公南豐曾公與眉山蘇公相繼迭起、各以其文擅名一世、傑然自爲一代之文、獨於楚人之賦、有未數數然者、觀於此言、則宋賦可知矣、

唐順之

東川子詩集序

西北之音慷慨、東南之音柔婉、蓋昔人所謂繫水土之風氣、而先王律之以中聲

者、惟其慷慨而不入於猛、柔婉而不鄰於悲、斯其爲中聲焉已矣、若其音之出於風土之固然、則未有能相易者也、故其陳之則足以觀其風、歌之則足以貢其俗、後之言詩者、不知其出於風土之固然、而惟恐其粧綴之不工、故東南之音有厭其弱而力爲慷慨、西北之音有病其疾而強爲柔婉、如優伶之相鬨、老少子女、雜然迭進、要非本來面目、君子譏焉、爲其陳之不足以觀風、歌之不足以貢俗也、余讀詩至秦風、其言盡田獵戰鬬之事、其人翹然自喜、愉然有躍馬賈勇之氣、已而讀楚騷諸篇、其言鬱紆而切怛、則愀然有登山臨水羈臣棄婦之思、夫秦風慷慨而入於猛、楚騷柔婉而鄰於悲、然君子不廢、豈非以其雖未止乎中聲、而不失其風土之固然、其陳之也、可以觀其風、其歌之也、可以貢其俗乎、東川子家秦中、蓋昔人所謂汧渭之間、與其所爲、載歌驕遊、北園故處、往往而在、東川子雅喜爲詩、嘗寄余詩百餘篇、皆跌宕疏健、絕去脂粉纖冶之態、雖其於中聲未必合與否、然可謂不失其土風者、塞垣曲余尤愛之、如邊城鼓角春寒夢、沙塞旌旗日暮雲、天寒細柳營嘶馬、草滿長城水飲駝、榆關千里秦雲暮、羌管一聲漢月秋、較其音節、倘亦有駟鐵無衣之遺否耶、然則讀是詩者不必問其何人、而知其必爲秦人之詩無疑也、余南人也、而不能爲楚聲、竊喜東川子之能爲秦聲也、乃爲之題其首、後有採風謠者、自當得之、

徐師曾

文體明辨序

文章之有體裁、猶宮室之有制度、器皿之有法式也、爲堂必敞、爲室必奧、爲臺必四方而高、爲樓必狹而修、曲爲筥必圜、爲篚必方、爲簠必外方而內圜、爲簋必外圜而內方、夫固各有當也、苟舍制度法式而率意爲之、其不見笑於識者鮮矣、況文章乎、文章之體、起於詩書、詩三百十一篇、其經緯各三、書體六、今存者三、厥後顏氏推論凡文各本五經、良有見也、或謂文本無體、亦無正變古今之異、而援周孔以爲證、殊不知無逸周官、訓也、不可混於誥、多士多方、誥也、不可同於訓、此文之體也、其文或平正而易解、或佶屈而難讀、平正者、經史官之潤色、佶屈者、記矢口之本文、乃文之辭、非文之體也、十翼皆孔子手筆、序卦雖云夾雜、要亦賢人之精蘊存焉、此釋經之辭、非屬文之體也、其答齊景公問政、止於二語、答魯哀則七百五十餘言、此隨宜

應對之辭、而門人記之、非若後世文人秉筆締思而作者也、至於以叙事爲議論者、乃議論之變、以議論爲叙事者、乃叙事之變、謂無正變不可也、又如詔誥表牋諸類、古以散文、深純溫厚、今以儷語、穠鮮穩順、謂無古今不可也、蓋自秦漢而下、文愈盛、文愈盛故類愈增、類愈增故體愈衆、體愈衆故辯當愈嚴、此吳公辯體所爲作也、曾成童時、即好古文、及叨館選、以文字爲職業、私心甚喜、然未有進也、幸承師授指示眞詮、謂文章必先體裁、而後可論工拙、苟失其體、吾何以觀、敢稱前哲、尊爲準則、曾退而玩索焉、久之而知屬文之要領在是也、第其書品類多闕、取舍失衷、或合兩類而爲一、或混正變而未分、於愚意未有當也、竊不自量、方更編摩、而以庸劣絀居瑣垣、然退食之餘、志不沮喪、蓋忘其非吾職也、已而謝病家居、積累成帙、更以今名、聊畢前志、雖於先正述作之意、不無異同、然明義理、抒性情、達意欲、應世用、上贊文治、中翼經傳、下綜藝林、要其大旨、固無戾也、初擬上進、故註中先儒並稱姓名、後雖莫遂、不及修改、覽者勿以罪予、則幸矣、是編所錄、唯假文以辯體、非立體而選文、故所取容有未盡者、亦有題異體同、而文不工者、復有別爲一格、如六朝唐初文、陸宣公奏議、今並弗錄、博雅君子、當自求之、至於附錄、則閭巷家人之事、俳優方外之語、本吾儒所不道、然知而不作、乃有辭於世、若乃內不能辨、而外爲大言以欺人、則儒者之恥也、故亦錄而附焉、

沈騏

詩體明辯序

詩其昉於邈古之世乎、若古史所傳、有其音無其韻、亦初不限言數、短或二言、多至八九、或韵在末句之上、又或重用叶字、然則道志之言、約如文耳、唐虞以前、有歌謠之名、舜典始著詩稱、蓋雜繇詞歌銘之中、未有定體也、自太史著採風之職、而商周之間、乃定風雅頌之規、有比興賦之格、孔子删之、卓然取遊人野女之謳吟而定曰詩、爰是有其區域矣、此後宜盛而衰、迄於戰國、其確然以詩名者、惟見荀卿一章、至楚屈平、別衍詩體爲騷、斯變風亦絕、漢初唐山夫人造安世房中歌十六首、遂爲樂府祖、而詩遂中分今古、武帝製落葉哀蟬而有曲名、班婕妤製怨歌而有詞名、司馬相如製封禪而有頌名、息夫躬製絕命而有辭名、卓文君製白頭而有吟名、韋孟

諷諫、東方朔誡子、蘇武李陵贈別、王昭君寫怨、西漢之可見如此、其他古詩十九、焦仲卿妻詩、亦系之東京、班固傅毅孔融輩、寥寥希聲、魏之武文歌行絕勝、陳思尤稱清雄、然建安七子、風流首唱矣、嵇阮超逸、有古詩人遺矩、晉代則張華傅元陸機陸雲潘岳左思、雄峙於前、郭璞孫綽王羲之陶潛、揚輝於後、宋世最稱顏謝、芙蓉雕繢、爲五言勝、而鮑照亦來俊逸之譽、齊梁雖云體格卑靡、而齊之謝朓、後人賞其句可驚人、梁有武文二帝、發唱於上、沈約江淹任昉之流、奔軌於下、亦代有其勝也、陳有徐陵江總之華艷、北周有庾信之清新、隋有薛道衡之奇拔、然論統爲八代之衰、何歟、唐以詩名一代、而統分爲四、太宗王魏諸人、首開草昧之風、而陳子昂特以澹古雄健、振一代之勢、杜審言劉長卿沈佺期宋之問張說張九齡、亦各全渾厚之氣於音節疏暢之中、盛唐稍著、弘亮儲光羲王維孟浩然之清逸、王昌齡高適之閑遠、常建岑參李頎之秀拔、李白之朗卓、元結之奧曲、咸殊絕衆倫、而杜甫獨以渾雄高古、自成一家、可以爲史、可以爲疏、其言時事、最求悚切、不愧古詩人之義、亦詩之僅有者也、中唐彌矜琢鍊、劉長卿以古樸開宗、韋應物錢起之雋邁、盧倫顧況劉禹錫之揚厲、及元白唱和之作、韓柳古風之體、張籍賈島孟郊之清刻、李賀之怪險、是其最也、晚唐體愈雕鏤、杜牧高爽、欲追老杜、温李西崑之體、婉麗自喜、皮陸鹿門諸章、往往超勝、若夫詩餘之體、肇於李白、盛於晚唐、然晚唐之詩不及、其詞亦各有其嫩也、宋興、其風彌盛、周美成柳永秦觀張先諸人、皆以豔婉爲調、蘇軾特以豪曠見雄、亦詩餘之變格、才人之極致矣、而宋竟以此稱一代之制、此原集所以系詞於詩後也、爲之約畧其源流如此、

袁　黃

詩賦

大矣哉、詩之爲義也、情感天地、化動鬼神、聲被絲竹、氣變冬春、其得意而詠物也、遊寸心於千古、收八埏於一掬、漱芳藻、采遺㲉、志翼翼以凌雲、心競競而刻鵠、擬去浮而肖形、期得髓而遺肉、其因詠而成詩也、選文入象、就韻摹心、發新聲於奇磬、謝落葉於故林、詞卽近而寓遠、意沿淺而入深、至於聖皇在宥、負扆臨軒、觀羣后兮雍雍、碧玉貢、八蠻兮濟濟、青旂述、朝會之盛事、被聖德於管絃、宜肅雝而淵廣、殊不取

乎新妍、或虎觀春筵、承明夜讌、淑女提壺、美人侍饌、紀公燕兮樂易而典醇、歌房中兮和平而感戀、欲崇正而獻箴、亦戒謠而忌綺、若九廟獻歌南郊設頌、欲正欲嚴欲莊、欲重誇則爽直、疏則鮮用、乃至元戎出境、萬騎屯雲、出馬鐃歌、旋師凱文、詞宜壯兮不宜忘警、氣貴嚴兮猶貴拊循、夫楚臣被放、漢妾辭宮、羈客裘敝、孀閨淚竭、孤孽遭謗、無路自通、或以短韻而鳴隱志、或以長篇而寫幽衷、怨而不怒、微而若蒙、履患難兮如素、處憂戚兮靡惘、或秦楚兮異國、復窮達兮殊陟、行子斷腸、居人罷食、風蕭蕭而興悲、草萋萋而變色、款款贈言、瀝肝吐臆、叙生平之雅情、勖佳人之令德、箴而不諛、婉而不直、如春草兮始生、秋月兮正明、炎威侵簟、寒雲滿坪、遵四時而歎逝、感萬物而若驚、勿徒流連乎光景、宜留邃意於新聲、乃若故宮黍茂、別殿鶯啼、空山遠眺、綠野俄睇、覽古跡兮發今悽、痛前事兮開後迷、言不盡意、意不局題、又若南山祝年、標梅賀婚、思賢悼往、臨喪輓言、志喜兮樂以則、如哀兮傷以惇、樂不蕩志、傷不斷魂、此詠言之雜態、亦藝圃之紛蕃也、是以抱碩德、秉孤忠、訴閨情兮遠賡聖功、鋪王化兮近指草蟲、詞能動物兮色象俱空、美刺無迹兮斯謂之風、正語是非、莊言眞假、文而不靡、質而不野、言關世教、斯謂之雅、肅雝布聲、清廟展誦、揚休功而信徵、贊祖德而情洞、不詭不浮、若勸若諷、形容曲盡、斯謂之頌、情見乎詞、志觸乎遇、微者達於宏、遜者使之悟、隨性情而敷陳、視禮義爲法度、衍事類而逼眞、然後可以爲賦、假幻傳眞、因人喩己、或以卷石而況泰山、或以濁涇而較清濟、或有義而可尋、或無情而難指、意在物先、斯謂之比、感事觸情、緣情生境、物類易陳、衷腸莫罄、可以起愚頑、可以發聰聽、飄然若羚羊之挂角、悠然若天馬之行徑、尋之無蹤、斯謂之興、六義既陳、淑慝攸分、如其情存魏闕、汎詠楚雲、心纏鮑臭、虛述蘭芬、既眞宰之相違、縱華靡而不文、倘餘蓁之未翦、類偏絃之獨撑、宮唱而商靡應、金調而石未平、苟絲毫之有虧、雖成文而不精、性靈未協、心氣多魔、失溫柔之家法、象急管之偏頗、恨湍流之迅激故雖精而不和、詞如合璧、意不貫珠、篇有死句、句無活膚、首尾不屬、聲調多迂、惟生理之不完、文雖和而實枯、是以內騁心靈、外闡物精、振之則山立、蓄之則淵澄、迺之則行雲流水、飾之則簇錦飛英、或濃如醴酒、或淡若太羹、或急如躍矢、或緩若調箏、或始徐而終促、或似譎而實貞、或外槁而中腴、或言隘而意閎、或化腐而趨新、或因奇而造乎、詩體多途、詩情萬疊、修詞者迷根、尙理者棄葉、擬華實之兼收、庶二妙之相接、曹劉聞之而魄喪、李杜遇之而氣懾、回大雅於狂瀾、振頹風於百刦

羣書備考論詩樂

夫詩者、樂之祖也、詩言志而成聲、律和聲而成樂、虞典記之、故感人心者、莫切乎聲、未有聲入而不應、情交不感者、聖人因其情、經之以六義、緣其聲、緯之以五音、音有韻、義有類、韻協則言順、言順則深入、類衆而情見、情見則感易交、三百篇勸美懲惡、王化本焉、風雅道微、楚騷繼響、詞稍激露而徬徨、則猶變雅之遺也、漢興相和諸曲、變爲五言、河梁傷別、采桑述志、婉而不露、猶足形四方之風焉、漢武帝不博采古制、協比聲律、乃以嬖人李延年爲協律都尉、而采風之義、變爲靡曼之音、末流漸沿清商、四絃混入樂部、桃皮篳篥、總曰横吹、樂亡而詩益下矣、迨魏三祖、崇尙雕蟲、浮靡之風、濫觴於此、沈約創四聲八病之法、宮羽相變、低昂舛節、格甚密而唐律基焉至陳隋開元間、流弊已極、陳子昂感遇詩、漸復爾雅、李杜諸公、比響聯辭、雲委波屬、一洗六代之穢、然嘲風弄月、建安前之清音、莫能嗣者、李白所以發憤而歎也、中晚

以降詩運衰而長短句始出、纖巧輕蕩、元人又翻爲豔曲、四始六義、蕩然盡矣、夫四五七言博士家撚鬚而吟、豔曲固所赭顔而不道也、然南呂中呂、古樂之遺者、獨豔曲有之、而四五七言、視十二律若爰居之不習、何也、騷賦而樂府、樂府而古律、古律而詞曲、人心所自變者、眞詩也、四五言詩之迹也、眞詩故與律自相通也、則古樂之若何而衰、若何而復、較然矣、吾非謂今之巴謳郢唱、遂可比諸管絃、然文人仰屋梁而吟者、又不若巴謳郢唱足以言志也、是故議正樂當正詩、欲正詩當識其旨、何也、溺人必笑、笑痛於哭也、美女必顰、顰妍於笑也、七情之用、或順之而塞、或反之而暢、詩固以暢吾情也、故不顯非詩、不隱非詩、格諸喉而不得盡者、非詩、疾聲大呼傾藏而盡者、非詩、詩之道微而彰、淺而深、遠若近、近若遠、使人不可解而可悟、合此則鄭衛桑濮、不得刪、而不合則俳而已耳、漢隴西行賓主揖讓、美詞也、而健婦持門戶、一語微譏、烏生曲遊獵詞也、而嗜我二字、默寄憂時俟命之旨、去古未遠、猶得十二三、今下者局宋之俚、高者襲唐之儁、間或浮慕兩漢至十九首止耳、鮮有究心古樂府者、豈非以十九首詞猶麗、而相和曲旨更深哉、嗟乎、簫韶鐘鼓之不諧俗也、久矣、不

識漢詩、而抵掌三百篇、猶入室而不由戶也、聽古樂而恐臥、人情曷足怪乎、

論賦

自風雅變而賦作、去古未遙、梗概足述、專源性情、比興互用、六義彰矣、諄復貫珠、千言非贅、情理罄矣、規撫天地、聲象萬物、體無常式、變化殫矣、四聲不足、八病匪瑕、宮商縱矣、賦也者篇章之象著、而歌謠之鐘呂也、靈均而降、作者代起、荀卿窮理之言、因物賦象、絳幃格論、麈尾清言也、宋玉以文緯情、雅與婉至、多風而可繹、楚臣之堂奧也、枚乘八公長卿之流、披形錯貌、雕藻極妍而不浮、辭人之軌轍也、若忠憤激昂、直寫胸臆、手不繪句、句不琢字、賈誼是也、比偶爲工、新聲競爽、詞賦之漫衍、陸謝江鮑之波漸也、大抵賦擅於楚、昌於西京、叢於東都、沿於魏晉、敝於五代、迨律賦興而斬然盡矣、此其概可舉者、自愚意論之、詩莫病於輕淺、賦莫病於艱深、學步可嗤、效顰增醜、有能肖心吐理、觸吻成文、變合風雲、自出機軸、斯足貴耳、三復楚辭、眷戀宗國、九死之深、至於天問、曾無銓次、婉惻彌深、此豈有成轍可倣哉、後世諸君子要櫝忘珠、極意鏤畫、無疾而呻、人爲掩耳、晚近尤甚、字取駭目故必艱文取闢靡故必

冗、險韻在几、類書充棟、一經繙閱、可就萬言、寧須厠溷置筆硯哉、蓋賦體弘奧、非可取帖括鉛槧語比而韻之以塞白也、然吾欲以其宏且肆者盡吾才而不欲借以文吾短、以其古且奧者宜其體、而不欲因以晦吾意、浮雲無心、賦形爲象、吹萬成音、不假管弦、豈非天地間眞賦哉、昭代此道上掩唐宋、操觚輩出、探撫富麗、體式古雅、洵足繼漢晉而稱雄矣、然亦擬議合轍、沿波爲淪耳、盡抉蹊徑、嗣響靈均、倘俟君子、

臧晉叔

元曲選序

今南曲盛行於世、無不人人自謂作者、而不知其去元人遠也、元以曲取士、設十有二科、而關漢卿輩爭挾長技自見、至躬踐排場、面傅粉墨、以爲我家生活、偶倡優而不辭者、或西晉竹林諸賢託杯酒自放之意、予不敢知、所論詩變而詞、詞變而曲、其源本出于一、而變益下工益難、何也、詞本詩而亦取材於詩、大都在奪胎而止矣、曲本詞而不盡取材焉、如六經語、子史語、二藏語、稗官語、野乘語、無所不供其採掇、而要歸斷章取義、雅俗兼收、串合無痕、乃悅人耳、此則情詞穩稱之難、宇內貴賤妍

媸、幽明離合之故、奚啻千百其狀、而塡詞者必須人習其方言、事有其本色、境無旁溢、語無外假、此則關目緊湊之難、北曲有十七宮調、而南止九宮、已少其半、至於一曲中有突增數十句者、一句中有襯貼數十字者、尤南所絕無、而北多以是見才、自非精審於字之陰陽、韻之平仄、鮮不劣調、而況以吳儂強效傖父喉吻、焉得不至河漢、此則音律諧叶之難、總之曲有名家、有行家、名家者出入樂府、文彩爛然、在淹通閎博之士、皆優爲之、行家者隨所粧演、無不模擬曲盡、宛若身當其處、而幾忘事之烏有、能使人快者掀髯、憤者扼腕、悲者掩泣、羨者色飛、是惟優孟衣冠、然後可與於此、故稱曲上乘首曰當行、不然、元何必以十二科限天下士、而天下士亦何必各占一科以應之、豈非兼才之難得、而行家之不易工哉、予嘗見王元美藝苑巵言之論曲有曰、北曲字多而聲調緩、其筋在絃、南曲字少而聲調繁、其力在板、夫北之被絃索、猶南之合簫管、擺藏掩抑、頗足動人、而音亦嫋嫋與之俱流、反使歌者不能自主、是曲之別調、非其正也、若板以節曲、則南北皆有力焉、如謂北筋在絃、亦謂南力在管可乎、惜哉、元美之未知曲也、繇斯以評新安汪伯玉高唐洛川四南曲、非不藻麗矣、然純作綺語、其失也靡、山陰徐文長禰衡玉通四北曲、非不伉爽矣、然雜出鄉語、其失也鄙、豫章湯義仍庶幾近之、而識乏通方之見、學罕協律之功、所下句字、往往乖謬、其失也疎、他雖窮極才情、而面目愈離、按拍者既無繞梁遏雲之奇、顧曲者復無輟味忘倦之好、此乃元人所唾棄而戾家畜之者也、予故選雜劇百種、以盡元曲之妙、且使今之爲南曲者知有所取則云爾、

姜宸英

五七言詩選序

文章之流敝、以漸而致、六經深厚、至於左氏內外傳、而流爲衰世之文、戰國繼之、短長之策、孟荀莊韓之書、奇橫恣肆雜出、而左氏之委靡繁絮之習、泯焉無限矣、此一變也、自是先秦西漢文益奇偉、至兩漢而衰、體勢日趨於弱、下逮魏晉六朝而文章之敝極焉、唐興、諸賢病之而未能革也、殆貞元大儒出、始倡古文、易排而散、去靡而朴、力芟六代浮華之習、此又一變也、惟詩亦然、自春秋以迄戰國、國風之不作者百餘年、屈宋之徒繼以騷賦、荀況和之、風雅稍興、此亦詩之一變也、漢初蘇李贈答、

古詩十九首、以五言接三百篇之遺、建安七子、更倡迭和、號爲極盛、餘波及於晉宋、頹靡於齊梁陳隋、淫艷佻巧之辭劇、而詩之敝極焉、唐承其後、神龍開寶之間、作者坌起、大雅復陳、此又詩之一變也、夫敝極而變、變而後復於古、誠不難矣、然變必復古、而所變之古、非卽古也、戰國之文、不可以爲六經、貞元之文、不可以爲史漢、明矣、今或者欲狥唐人之詩、以爲卽晉宋也、漢魏也、豈學古者之通論哉、余嘗譬之富人之室、其子孫不能整理、日卽於壞廢、後有富人者居之、閈閎崇如、墉垣翼如、非不霍然改觀也、然循其涂徑而非、問其主人而支派已不可復識矣、夫六朝之頹靡、固亦漢魏之支派也、唐人之變而新之、其霍然改觀固然矣、無亦富人之代居而不可以復識者乎、故文敝則必變、變而後復於古、而古法之微、尤有默運於所變之中者、君子旣防其漸、又憂其變也、新城阮亭王先生五言詩之選、其蓋有見於此深矣、於漢取全、於魏晉以下、遞嚴而遞有所錄、而猶不廢夫齊梁陳隋之作者、於唐僅得五人、曰陳子昂張九齡李白韋應物柳宗元、蓋以齊梁陳隋之詩、雖遠於古、尙不失爲古詩之餘派、唐賢風氣、自爲畛域、成其爲唐人之詩而已、而五人者、其力足以存古詩於唐詩之中、則以其類合之、明其變而失於古云爾、先生之選七言體、七言雖濫觴於柏梁、然其去三百篇已遠、可以極作者之才思、義不主於一格、故所鈔及於宋元諸家、至明人則別有論次焉學者合二集觀之、以辨古詩之源流而斟酌於風會之間、庶乎其不爲異論所淆惑矣、集中分別部次具有精意、已具先生自爲凡例中、不備述、

陳祖范

詩集自序

古無詩人、三百篇可知誰作者、十止得一二、蓋夫人而能爲詩、夫詩而皆有係於時也、古之制、田功既畢、男女同巷夜績、有所怨恨、相從而歌、饑者歌其食、勞者歌其事、男女老而無子者、官衣食之、使之民間求詩、以備太史之選、是故王者不出戶牖、盡知天下所苦樂、此風詩之所由興也、大抵詩之作出於無心、則其情眞、又必各有所爲、故其義實、情眞義實、故一國之事係一人之本、而匹夫匹婦之歌吟、可以察治忽也、後之詩人則異是、彼既以詩自命、人亦以詩相屬、於是外物爲主而詩役焉詩

爲主而心役焉、以詩役心、則心非其心、特牽有詩耳、詩於是無眞性情、以外物役詩、則作如不作、特緣於外耳、詩於是無眞比興、然而情實彌隱、詞采彌工、義理彌消、波瀾彌富、而又格律以繩之、派別以嚴之、時代以區分之、囘視詩教之本來、其然乎、其不然乎、古之詩男女自言其傷、而關盛衰、後之詩文人學士敝精勞神、期以鼓吹風雅、反或無與於得失、其故何哉、誠僞之分、醇醨之判也、予於斯事不求甚解、而竊好反尋其本、收拾舊作、其無爲而作者去之、其爲人而作者又去之、止存其自吟自止用適己事者、工拙所不計也、

張惠言

七十家賦鈔序

右賦七十家一百八千篇、通人碩士先代所傳、奇詞奧旨、備於此矣、其離章斷句、闕佚不屬者、與其文不稱詞者、皆不與是、論曰、賦烏乎統、曰統乎志、志烏乎歸、曰歸乎正、夫民有感於心、有慨於事、有達於性、有鬱於情、故有不得已者、而假於言、言象也、象必有所寓、其在物之變化、天之漻漻、地之囂囂、日出月入、一幽一昭、山川之崔

蜀杳伏畏隹林木、振硪谿谷、風雲霧霿、震霆寒暑、雨則爲雪、霜則爲露、生殺之代新而壇故、鳥獸與魚、草木之華、蟲走螘趨、陵變谷易、震動薄蝕、人事老少、生死傾植、禮樂戰鬭、號令之紀、悲愁勞苦、忠臣孝子、羈士寡婦、愉佚愕駭、有動於中、久而不去、然後形而爲言、於是錯綜其詞、回牾其理、鏗鏘其音、以求理其志、其在六經則爲詩、詩之義六、曰風、曰賦、曰比、曰興、曰雅、曰頌、六者之體、主於一而用五、故風有雅頌焉、七月是也、雅有頌焉、有風焉、烝民崧高是也、周澤衰、禮樂缺、詩終三百、文學之統熄、古聖人之美言、規矩之奥、趣鬱而不發、則有趙人荀卿、楚人屈原、引詞表指、譬物連類、述三王之道、以譏切當世、振塵滓之澤、發芳香之鬯、不謀同稱、並名爲賦、故知賦者、詩之體也、其後藻麗之士、祖述憲章、厥製益繁、然其能者之爲之、愉暢輸寫、盡其物和其志、變而不失其宗、其淫宕佚放者爲之、則流遁忘返、壞亂而不可紀、譎而不觚盡而不褻、肆而不衍、比物而不醜、其志潔、其物芳、其道杳冥而有常、則屈平之爲也、與風雅爲節、渙乎若翔風之運輕纖、灑乎若元泉之出乎蓬萊而注渤澥、及其徒宋玉景差爲之、其質也華然、其文也縱而後反、雖然其與物椎拍、宛轉泠汰、其義觳棵於物芴芴乎古之徒也、剛志決理、輐斷以爲紀、內而不汙、表而不著、則荀卿之爲也、其原出於禮經、樸而飾、不斷而節、及孔臧司馬遷爲之、章約句制、奡不可理、其辭深而旨文、確乎其不頗者也、其趣不兩、其與物無娉、若枝葉之附其根本、則賈誼之爲也、其原出於屈平、斷以正誼、不由其曼、其氣則引費而不可執、循有樞、執有廬、頡滑而不可居、開決宧窔、而與萬物都、其終也、芴莫而明、神爲之蘽、則司馬相如之爲也、其原出於宋玉、揚雄恢之、脅入竅出、緣督以及節、其超軼絕塵而莫之控也、其波駭石咢、而沒乎其無垠也、張衡盱盱、塊若有餘、上與造物爲友、而下不遺埃墟、雖然、其神也、充其精也、苶及王延壽、張融爲之、傑格拮撥、鉤孑蕺牾、而傲僈可觀、其於宗也無蛻也、平敞通洞、博厚而中、大而無瓠、孫而無弧、指事類情、必偶其徒、則班固之爲也、其原出於相如、而要之使夷、昌之使明、及左思爲之、博而不沈、贍而不華、連犿焉而不可止、言無端崖、傲倪以爲質、以天下爲郛郭、入其中者眩震而謬悠之、則阮籍之爲也、其原出於莊周、雖然其辭也悲、其韻也迫、憂患之辭也、塗澤律切、菁蔽紛悅、則曹植之爲也、其端自宋玉、而枿其角、擢其牙、離其本、而抑其末、浮華之學者相與尸之、卒以變古、曹植則可謂才士矣、揣乎改繩墨易規矩、則佞之徒也、不揣於同、不獨於異、其來也首首、其往也曳曳、動靜與適而不爲固植、則陸機潘岳之爲也、其原出於張衡曹植、嬌嬌乎振時之儁也、以情爲裏、以物爲襮、鑱雕雲風、琢削支鄂、其懷永而不可忘也、發乎其氣、煊乎其華、則謝莊鮑照之爲也、江淹爲最賢、其原出於屈平九歌、其掩抑沈怨、泠泠輕輕、其縱脫浮宕而歸大常、鮑照江淹、其體則非也、其意則是也、逐物而不返、駘蕩而駿外、俗者之囿而古是抗、其言滑滑而不背於途輿、則庾信之爲也、其規步矱騤、則揚雄班固所引銜而控轡、惜乎拘於時而不能騁、然而其志達、其思哀、其體之變則窮矣、後之作者、慨乎其未之或聞也、

詞選序

詞者、蓋出於唐之詩人、採樂府之音以製新律、因係其詞、故曰詞、傳曰、意內而言外者謂之詞、其緣情造耑、興於微言以相感動、極命風謠里巷男女哀樂、以道賢人君子幽約怨悱不能自言之情、低徊要眇以喻其致、蓋詩之比興、變風之義、騷人之歌、則近之矣、然以其文小、其聲哀、放者爲之、或淫蕩靡曼、雜以昌狂俳優、然要其至

者、罔不惻隱盱愉、感物而發、觸類條鬯、各有所歸、不徒彫琢曼飾而已、自唐之詞人、李白爲首、其後韋應物王建白居易劉禹錫之徒、各有述造、而温庭筠最高、其言深麗閎美、五代之際、孟氏李氏君臣爲謔、競變新調、詞之雜流、由是而作矣、至其工者、往往絕倫、亦如齊梁五言、依託魏晉、近古然也、宋之詞家、號爲極盛、然張先蘇軾秦觀周邦彥辛棄疾姜夔王沂孫張炎、淵淵乎文有其質焉、其蕩而不返、傲而不理、枝而不物、柳永黃庭堅劉過吳文英之倫、亦各引一端、以取重於當世、而前數子者、又不免有一時通脫放浪之言、出於其間、後進彌以馳逐、不務原其指意、破碎奔折、壞亂而不可紀、故自宋之亡而正聲絕、元之末而規矩隳、五百年來、作者十數、諒其所是、互有繇變、皆可謂安蔽乖方、迷不知門戶者也、今第錄此篇、都爲二卷、義有幽隱、並爲指發、庶幾塞其下流、導其淵源、無使風雅之士、懲乎鄙俗之音、不敢與詩賦之流同類而諷誦之也、

劉開

讀詩說上

古之教者、始於人情、故論卑而行之有效、後之教者、純以天理、故論高而行之無功、古之爲教、使人樂之、後世爲教、使人苦之、孔子之教有四、以文爲先、文莫大乎六經、經之垂爲恒教者有三、以詩爲冠、夫詩者、所以治人之性情也、以古人之憂樂動天下之心思、使之出於正而已矣、樂正之所崇、下學之所事、自成周以來、罔不由之、故學而有得者、必通乎詩、是故多聞強識、精於名物之訓、可以爲博矣、未可以爲善讀詩也、感物造端、升高作賦、可以爲大夫矣、亦未可爲善讀詩也、古之善爲詩者、施之於爲政、用之於立言、故先王之教以詩也、可以正人心焉、可以善風俗焉、君子之學於詩也、可以厚性情焉、可以變氣質焉、夫難變者莫如氣質、惟詩能之、至於變化氣質、而其功用大矣、孔子論爲學之序、首曰興於詩、言感發心志、舍詩則無自也、又曰、小子何莫學夫詩、言初學之要、必先之以詩、而後本末鉅細、可以漸底於成也、其告伯魚曰、人而不爲周南召南、其猶正牆面而立、言修之於身、而化成於國、王道必起自近也、夫教亦多術也、而感人之速、化人之深、無如詩之顯且易也、自古聖賢、未有不得於詩教、而能造於大中至正之域也、後世以聲律詞藻爲詩、舍六藝之正以求一言一韻之工、於是五七言之體興、而三百篇之誦讀、視爲具文、教之所以端其趨向、學之所以淑其性情、皆置而不講矣、嗚呼、此人心學術所以不如古與、夫聖人之爲教也、固不能奪天下之所安、而予之以所難也、亦順其情而利導之也、夫詩者所以順人情而導之以正也、順情而導、則其教易行、而學易入、故詩爲雅言之首、而學者之始事、必由是焉、是故善讀詩者、因古以觸今、感物以見志、沈潛乎諷誦反覆乎篇章、而慈仁忠孝之意、油然自生、父子以恩、君臣以篤、兄弟以和、夫婦以順、朋友以厚、此皆天性之發於中而不能自已者也、夫天性之發、非出於矯飾、故詩之移人性情也、亦動於自然而非有所苦焉、且夫強之弱者去必速、貌爲合者神易離、惟詩之感人也、因其天眞之動、故雖草野閭巷、亦觸於歌泣而不自禁、唯人之感詩也、本於中心之誠、故能歎慕流連、遂被其潛移而不自覺、此詩之爲道、所以爲治心之方、入德之門、而賢愚皆可共勉者也、夫溫柔敦厚者詩之旨也、纏綿悱惻者詩之情也、人必有纏綿悱惻之實意、而後可炳爲事功、蘊爲道德、否則鋪張砥礪、亦僞而已矣、故正人心、善風俗、莫要於詩、故讀二南可以奮興、列國可以諷刺、正雅可以則、變雅可以怨、幽可以圖始、頌可以樂成、故詩者、中和之用、人人之所不能忽者也、故繹其辭、歌其聲、婉而不隱、直而不犯、和而不隨、怒而不迫、躁心得釋焉、矜氣得平焉、容止得安焉、故詩之始、可以厚人性情、其繼也、可以變化氣質、夫氣質變乃可入道、詩之功至此成焉、故有志聖賢之術者、不須臾離詩、非徒以之澤躬而已、後之才士、既不知古人之所以爲詩、故流蕩而不之檢、後之儒者、又擯詩爲詞章、而不知因人情而示之則、故並置三百篇之宗旨而不以之爲教、於是專以禮義之說防閑天下、而天下終決而去之、是強制其心而非性所樂從也、是以能暫而不能久、陽奉以名而陰吝以實也、夫先王之昭法垂戒、孔子之開示初學者、其言具在也、而必別爲名目以曉世焉、是亦讀詩不詳之過也、

曾國藩

湖南文徵序

吾友湘潭羅君研生、以所編纂湖南文徵百九十卷示余、而屬爲序其端、國藩陋甚、齒又益衰、奚足以語文事、竊聞古之文、初無所謂法也、易書詩儀禮春秋諸經、其

體勢聲色、曾無一字相襲、即周秦諸子、亦各自成體、持此衡彼、畫若金玉與卉木之不同類、是烏有所謂法者、後人本不能文、強取古人所造而摹擬之、於是有合有離、而法不法名焉、若其不俟摹擬、人心各具自然之文、約有二端、曰情、曰理、二者人人之所同有、就吾所知之理而筆諸書、而傳諸世、稱吾愛惡悲愉之情、而綴辭以達之、若剖肺肝而陳簡策、斯皆自然之文、性情敦厚者、類能爲之、而淺深工拙、則相去十百千萬、而未始有極、自羣經而外、百家著述、率有偏勝、以理勝者、多闡幽造極之語、而其弊或激宕失中、以情勝者、多悱惻感人之言、而其弊常豐縟而寡實、自東漢至隋、文人秀士、大抵義不孤行、辭多儷語、即議大政、考大禮、亦每綴以排比之句、間以婀娜之聲、歷唐代而不改、雖韓李銳志復古、而不能革舉世駢體之風、此皆習於情韵者類也、宋興既久、歐陽曾王之徒、崇奉韓公、以爲不遷之宗、適會其時大儒迭起、相與上探鄒魯、研討微言、羣士慕效、類皆法韓氏之氣體、以闡明性道、自元明至聖朝康雍之間、風會略同、非是不足與於斯文之末、此皆習於義理者類也、乾隆以來、鴻生碩彥、稍厭舊聞、別啟塗軌、遠搜漢儒之學、因有所謂考據之文、一字之音訓、一物之制度、辨論動至數千言、曩所稱義理之文、淡遠簡樸者、或屏棄之以爲空疏不足道、此又習俗趨嚮之一變已、湖南之爲邦、北枕大江、南薄五嶺、西接黔蜀、羣苗所萃、蓋亦山國荒僻之亞、然周之末、屈原出於其間、離騷諸篇、爲後世言情韻者所祖、逮乎宋世、周子復生於斯、作太極圖說通書、爲後世言義理者所祖、兩賢者、皆前無師承、創立高文、上與詩經周易同風、下而百代逸才、舉莫能越其範圍、而況湖湘後進、沾被流風者乎、茲編所錄、精於理者蓋十之六、善言情者約十之四、而駢體亦頗有甄采、不言法而法未始或紊、惟考據之文、蒐集極少、前哲之倡導不宏、後世之欣慕亦寡、研生之學、稽說文以究達詁、箋禹貢以晰地志、固亦深明考據家之說、而論文但崇體要、不尙繁稱博引、取其長而不溺其偏、其猶君子愼於擇術之道歟、

參考表

（一）史體文孫藝術分類表

	In time.	In space.	In time and space.
Presentative	Music	Painting Sculpture, &c.	Dance
Representative	Literature	Architecture	Acting

（二）毛爾登文學原質滋乳表

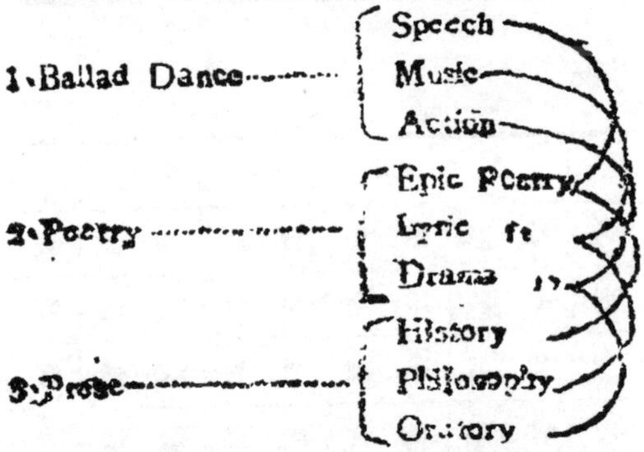

（三）我國文學體製分類各家略表

書名	卷數	時代	作者	門類
文選	六十卷	梁	昭明太子蕭統	三十九類
唐文粹	一百卷	宋	姚鉉	一十八類
宋文鑑	一百五十卷	宋	呂祖謙	五十類
元文類	七十三卷	元	蘇天爵	四十三類
明文衡	一百卷	明	程敏政	三十八類
古文辭類纂	四十八卷	清	姚鼐	一十三類
古文詞略	二十四卷	清	梅曾亮	一十四類
經史百家雜鈔	二十六卷	清	曾國藩	三門一十一類

（四） 姚曾分類比較表

姚鼐 十三類	1	2	11	12	3	10	4	5	6	7	8	13	9		
	論著	詞賦	頌贊	箴銘	序跋	贈序	詔令	奏議	書牘	哀祭	傳誌	碑誌	雜記		
曾國藩 三門十一類	論著	詞賦			序跋		詔令	奏議	書牘	哀祭	傳誌		雜記	敘記	典志
	著述						告語				記載				

（五） 六書次第各家異同表

人名	書名	1	2	3	4	6	6
許慎	說文解字	指事	象形	形聲	會意	轉注	假借
劉歆	七略	象形	象事	象意	象聲	轉注	假借
班固	漢書藝文志	象形	象事	象意	象聲	轉注	假借
鄭衆	周禮解詁	象形	會意	轉注	處事	假借	諧聲
鄭樵	通志	象形	指事	會意	轉注	諧聲	假借

附記一　區別六書要點

象形與指事之別……象形之形有定。指事之形無定。

象形與會意之別……兩體皆字爲會意。兩體不皆字爲指事。

形聲與會意之別……因其聲而增之曰形聲。因其意而增之曰會意。

轉注與假借之別……異字同義曰轉注。異義同字曰假借。（從朱氏駿聲說）

附記二　轉注有三說

主部首爲建類之首。凡從之之字爲相受之義者。徐鍇、江聲也。

主全書中互訓之字爲轉注者。段玉裁、王筠也。

主一部中互訓之字爲轉注者。孫星衍、鈕樹玉也。

（六）　許愼以前歷代字書及字數表

時	代	書名及作者	字數
周	宣王時	史籀作十五篇	
秦	始皇時	李斯作蒼頡篇七章 趙高作爰歷篇六章 胡毋敬作博學篇七章	
漢	司馬相如以前	閭里書師合李趙胡毋三家之篇以六十字爲一章共成五十五章曰三蒼	三千三百字
	武帝時	司馬相如作凡將篇	
	元帝時	史游作急就篇三十二章	
	成帝時	李長作元尙篇	
	平帝時	揚雄取當時諸儒所記之字作訓纂篇三十四章以續三蒼之五十五章共八十九章	五千三百四十字
後漢	明帝時	班固續雄書作太甲篇在昔篇十三章	
	和帝時	賈魴又廣班書作滂熹篇三十四章	七千三百八十字
		許愼於訓纂外再採班賈及他書之字分爲五百四十部作說文解字十四篇	九千三百五十三字

附記　三蒼有二

一爲閭里書師所合李趙胡毋之書。

一爲賈魴之後，時人合李趙胡毋之書爲上卷，楊雄所作爲中卷，賈魴所作爲下卷，亦稱三蒼。

三蒼之外尙有揺瑗之飛龍篇，蔡邕之聖皇篇，黃初篇，吳章篇，女史篇，字已具三蒼中，故表中未列入，附記於此。

（七） 歷代韻書及作者表

時代	作者	書名	附記
魏	孫炎	爾雅音義	作反切之始
	李登	聲類十卷	凡一萬一千五百二十字
東晉	呂靜	韻集十卷	以宮商角徵羽分卷
宋	周彥倫	四聲切韻	以四聲作韻書之始
梁	沈約	四聲韻譜一卷	韻學至沈而大行
隋	陸法言等	切音五卷	分二百六部 凡一萬二千一百五十八字
唐	長孫訥言	切音箋注五卷	郭知元補三百字
	孫愐	唐韻五卷 殘	卽刊正切音爲之
北宋	陳彭年等	廣韻五卷 存	校定切韻爲之 凡二萬六千一百九十四字
	丁度等	集韻十卷 存	凡五萬三千五百二十五字
南宋	劉淵	壬子新刊禮部韻略五卷 存	分一百七部
元	熊忠	古今韻會三十卷 存	凡一萬二千六百五十二字
	陰時夫 陰時中	韻府羣玉五卷 存	省併爲一百六部與今韻同 存八千八百餘字

附記

一、音韻之學始成於周沈，韻書之作詳備於唐宋，而亂於陰氏兄弟。

二、古言音不言韻。周沈分四聲而不分部。陸法言之二百六部最細密而不便於用。陰氏之一百六部雖適於用而省併不免淆混。

（八） 明清兩朝古音學家及其著作表

時代	作者	書名	附記
明	陳第	毛詩古音考四卷 屈宋古音義三卷	研究古音之始
	顧炎武	音論三卷 詩本音十卷 易音三卷 唐韻正二十卷 古音表二卷	顧氏音學五書開清代研究古音學者之門. 分十部
清	江永	古韻標準四卷 音學辨微一卷	分十三部
	戴震	聲韻考四卷 聲類表十卷	分十六部
	段玉裁	六書音均表二卷	附說文解字注後. 分十七部
	文姚田	古音諧八卷	簡明易曉
	錢大昕	聲類四卷	
	張惠言	說文諧聲譜五十卷	此書乃其子成孫所續輯.龍翰臣借鈔其中九卷傳世. 分二十部
	苗夔	說文聲讀表七卷	分七部
	龍啟瑞	古均通說二十卷	分二十部
	張行孚	說文審音十六卷	此本未成之書故中有缺卷 分十一部

五　附記

古韻之學雖盛於清代．實啟於明季．其遠源則出於宋吳棫。吳棫有韻補五卷．爲講古韻最古之書．故顧炎武有韻補正一卷．以正吳氏之誤。其書在音學五書之外．故未列入表中。陳第以前有楊慎亦嘗綴輯古人通叶之字附今韻下　其著書有古音叢目五卷．古音獵要五卷等．雖稱博洽．而不免疏舛故未列入表中。

（九） 六朝以前歷代字體及創造人表

時代	創造人	字體	附記
三皇	伏犧	八卦	八卦代結繩耳尙不可謂字故曰三皇無文
黃帝	倉頡	古文	古文亦稱大篆
顓頊	顓頊	蝌斗文	此體或云顓頊所製
夏	大禹	鐘鼎文	
殷		龜甲文	此體近始發見多記貞卜之事略同鐘鼎款識之文
周	太史籀	大篆	亦稱古文今石鼓文是也
秦	李斯	小篆	李斯刪大篆所作秦始皇所觴名山用以書碑
秦	程邈	隸書	變篆書爲之所以便徒隸也
前漢	史游 或曰後漢杜度作	草章	游作急就章解散隸體麤書之故名
後漢	劉德昇	行書	變正體爲之務從簡易也
後漢	王次仲 或曰始於秦	八分書	割隸八分取二割篆二分取八爲之
後漢	蔡邕	飛白	變正體爲之用以題署宮殿大字
後漢	張伯英	草書	變章草爲之今草乃晉王羲之作與此不同

附記一　秦時八體書

一此大篆．二曰小篆．三曰刻符．四曰蟲書．五曰摹印．六曰署書．七曰殳書．八曰隸書。

附記二　漢時六體書

一曰古文．二曰奇字．三曰篆書．四曰隸書．五曰繆篆．六曰蟲書．

自古以來．相傳字體至多．茲既舉其著者列於表中．而八體六體亦秦漢通行之書．故附記於表外。

(十)三十六母配九音表

	九音	字母
牙	牙	見溪郡疑
舌	舌頭	端透定泥
	舌上(古無)	知徹澄娘
脣	重脣	幫滂並明
	輕脣(古無)	非敷奉微
齒	齒頭	精清從心邪
	正齒	照穿牀審禪
喉	喉	影曉喻匣
半舌半齒	半舌半齒	來日

(十一)鄭樵通志七音表

七音	字母
羽	幫滂並明 非敷奉微
徵	端透定泥 知徹澄娘
角	見溪郡疑
商	精清從心邪 照穿牀審禪
宮	影曉匣喻
半徵	來
半商	日

附記一　字母源流

字母之說．古無有也。故古人音字．但曰讀若某．或讀如某某之某。至魏孫炎始作反切．其實出於西域梵僧。而字母之稱．則始於唐天竺僧不空譯文殊問經．然猶是西域字母也。中音見溪郡疑三十六母．乃唐僧守溫所創．今表所列者是也。其後各家以其時音爲之增減．故有多少之異。李松石音鑑三十三母行香子其減者也。今世所謂注音四十母．其增者也

附記二　李松石字母行香子詞

三十三母如下　　　　　三十三母之雙聲如下

春滿堯天。……………………昌茫陽(梯秧)。

溪水清漣。……………………羌商臧良。

嫩紅飄．粉蝶驚眠。…………囊杭(批秧)．方(低秧)江(鷗秧)。

松柏空翠．鷗鳥盤翔…………桑郎康倉．(安閒)娘滂鄉。

對酒陶然。……………………當將湯瓤。

便博箇．醉中仙。……………(兵秧)幫閒．臧張相。

（十二）VOLPICELLI： CHINESE PHONOLOGY

	廣			韻
	平	上	去	入
ung	東	董	送	屋
(ung) ?	冬		宋	沃
		腫		
ŭng	鍾		用	燭
aang	江	講	絳	覺
ĭ	支	紙	寘	
éi	脂	旨	至	
ei	之	止	志	
uéi	微	尾	未	
u	魚	語	御	
(ŭ) ?	虞	麌	遇	
u	模	姥	暮	
			霽	
ī	齊	薺		
			祭	
			泰	
uĭ	佳	蟹	卦怪	
ai	皆	駭	夬隊代	
uoi	灰	賄		
oi	咍	海	廢	
én	眞			質
		軫	震	
uén	諄			術
		準	稕	
ăn	臻			櫛
uĕn	文	吻	問	物
in	殷	隱	焮	迄
uen	元	阮	願	
				月
uén	魂	混	慁	
				沒
ên	痕	很	恨	

	廣			韻
	平	上	去	入
on	寒	旱	翰	曷
uon	桓	緩	換	末
uan	刪	潸	諫	黠
an	山	產	襉	鎋
ĭn	先	銑	霰	屑
en	仙	獮	線	薛
io	蕭	篠	嘯	
eo	宵	小	笑	
ao	肴	巧	效	
oo	豪	皓	號	
o	歌	哿	箇	
uo	戈	過	果	
a	麻	馬	禡	
eang	陽	養	漾	藥
oang	唐	蕩	宕	鐸
ang	庚	梗	映	陌
(uang) ?	耕	耿	諍	麥
eng	清	靜	勁	昔
ing	青	迥	徑	錫
éng	蒸	拯	證	職
êng	登	等	嶝	德
eu	尤	有	宥	
ou	侯	厚	候	
iu	幽	黝	幼	
ém	侵	寑	沁	緝
om	覃	感	勘	合
(uom) ?	談	敢	闞	盍
em	鹽	琰	豔	葉
im	添	忝	㮇	帖
am	咸	豏	陷	狎
	銜	檻	鑑	洽
em	嚴	儼	釅	業
uem	凡	范	梵	乏

參考表 八

引用人名彙考

一、此中所錄、以論中引用之人爲限。（生存人不錄。）西方人士、附見於後。

二、標首悉依論中初見者錄之。論中初見爲號、則出其姓名於注中。論中初見爲姓、則以括弧出其名於姓後、如徐庾之作徐（陵）庾（信）是也。

三、下方所記數字、乃論中引用葉數。再見三見者亦兼載之、用備檢尋。

四、其有未及考者、注待考二字。不可考者、注未詳二字。

五、編列以標首之字筆畫多少爲次。

三畫

子游　春秋吳人姓言名偃字子游孔子弟子列文學科仕魯爲武城宰・一五

子夏　春秋魏人姓卜名商字子夏孔子弟子列文學科老而教授西河或謂詩序及易傳乃其所傳・一五、六二

子貢　春秋衛人姓端木名賜字子貢孔子弟子列言語科・一六、一二〇

子思　戰國魯人孔子孫名伋作中庸・四七

四畫

文與可　宋梓潼人名同皇祐進士工畫竹守湖州有丹淵集•一一二

方以智　明桐城人字密之號鹿起崇禎進士國亡爲僧名弘智號無可精考據著通雅等書•五七、六二

方植之　清桐城人名東樹能詩文學宗朱子著書攻漢學家之失有儀術堂文集昭昧詹言等書•九七

元微之　唐河南人名稹官至宰相詩與白居易齊名世號元白體有元氏長慶集•三三、三四、七九、九〇、一〇三、一一四

少游　宋高郵人名觀一字太虛元祐初除太學博士有淮海集•三三、七六

公羊壽　漢人景帝時與弟子胡毋子都著春秋傳•五五

五畫

司馬溫公　宋夏縣人字君實七歲知春秋大旨哲宗時爲相卒贈太師溫國公諡文正晚居涑水鄉世稱涑水先生著資治通鑑及獨樂園集書儀等書•五七、表、八三

司馬相如　漢成都人字長卿武帝時召爲郎遷孝文園令工詞賦有子虛上林大人等賦•七七、八〇、八一

司空圖　唐虞鄉人咸通進士累官禮部郎中隱條山號耐辱居士著詩品二十四首有詩集•八二

白(居易)　唐太原人字樂天貞元進士官至刑部尙書晚稱香山居士卒諡文初與元稹齊名號元白後與劉禹錫唱和又號劉白有白氏長慶集•三四、七九、八九、九八、一〇三、一一四、一三〇

北周文帝　後魏武川人姓宇文名泰仕魏封周王子覺篡立追尊爲太祖文皇帝•三八

平子　後漢南陽西鄂人名衡官至尙書能詞賦有周易訓詁及遺文數十篇•八一

史籀周宣王太史作大篆十五篇・五三、表

申（不害）戰國韓人相昭侯用黃老而兼刑名著書二篇・三一

玄奘唐偃師人本姓陳遊學五印度入戒賢法師之門歸國譯經論七十五部・一一六、一二八、一三三

六畫

任昉後漢成都人字彥昇官至司隸校尉著文章緣起非今日通行本・一五、二七、三七、八二

列（禦寇）周人學本黃老有列子一書疑六朝人依託爲之・三〇、一一〇

仲宣三國魏高平人名粲官至侍中爲建安七子之一有仲宣集・八一

仲卿漢廬江府吏姓焦・一〇一

朱謀㙔明宗室寧王權七世孫字鬱儀著作甚多詩文集曰枳園近稿門人私諡貞靜先生・六二

朱子宋婺源人字元晦一字仲晦紹興進士官至寶文閣待制卒諡文晚居建陽之考亭講學世稱考亭學派其學宗程子著書甚多爲宋代理學大家有朱子全集・八三、九七、一一六、一二一

老（聃）周苦縣人姓李名耳字伯陽亦稱老聃爲周守藏史著書五千言曰道德經・一九、三〇、九八、一一六、一一九、一二一、一二七、一二八、一二九、一三二

安仁晉滎陽人姓潘名岳累官給事黃門侍郎文詞藻麗有集・八一

伏子賤春秋魯人名不齊一作宓子賤孔子弟子・五二

江淹梁考城人字文通官至紫金光祿大夫封醴泉侯卒諡憲有前後集及齊史十志•三一、八一

江式後魏陳留人字法安世傳篆籀訓詁之學集字書四十卷曰古今文字•五三

江永清婺源人字愼修精三禮音韻之學有古韻標準四聲切韻表音學辨微等書•表

江總陳考城人字總持官至尚書令入隋拜上開府卒於江都有集•八一

七畫

何休後漢樊人字邵公精六經善歷算尤好公羊春秋作春秋公羊解詁•五五

何晏三國魏宛人字平叔累官侍中尙書爵列侯嘗作道德論及諸文賦數十篇傳世者有論語集解•一二七

吳充宋浦人字沖卿舉進士官至觀文殿大學士卒諡正憲•一八

吳(起)戰國衛人善用兵著書言兵法曰吳子•三二

吳訥明常熟人字敏德累官南京左都御史卒諡文恪有小學集解文章辨體•三四、三九

吳均梁吳興人字叔庠文體特異世號吳均體•八一

吳南屏清湖南巴陵人名敏樹字本深號南屏工古文有柈湖詩文集•九七

呂氏呂不韋秦濮陽人相秦封文信侯有呂氏春秋•二三

呂靜晉人撰韻集・表
宋(玉) 戰國楚人屈原弟子作九辨又有高唐神女二賦・三四、八四、一二九
宋濂明浦江人累官至翰林學士承旨知制誥卒諡文憲有宋學士全集・四四
宋元憲 宋安陸人名庠字公序與弟祁俱以文名官至樞密使卒諡元憲有集・六五
李(白) 唐隴西成紀人字太白生於蜀之青蓮鄉號青蓮居士詩才天授與杜甫齊名世稱李杜有集
三四、七九、八三、八九
李仲蒙 宋吳人名育能詩・三五
李商隱 唐河內人字義山又號玉溪生開成進士累官工部員外郎詩文瑰邁奇古宋楊億等擬其體號
西崑體有詩文集・四一、一一一
李公麟 宋舒州人字伯時元祐進士能詩工畫老居龍眠山莊自號龍眠山人・四四
李松石 清大興人名汝珍喜音韻不能深造有李氏音鑑・六〇
李斯戰國楚上蔡人仕秦爲客下禁書令變籀文爲小篆一同天下文字・五二、五三、表 六三、八〇
李華唐贊皇人字遐叔擢進士宏詞科官至御史有文集・三八
李登三國魏人撰聲類・表
李長吉 唐宗室名賀七歲能詩有昌谷集・八九、九〇、一二、一一二

八畫

孟子　周魯人名軻字子輿受業子思之門人不見用於世退而與萬章之徒作孟子七篇・一七、三一、八〇、九五、一二〇、一二三、一二五

孟郊　唐武康人字東野貞元進士卒張籍諡曰貞曜先生有東野集・一二五、一二六

屈原　戰國楚人名平字靈均仕爲三閭大夫被放作離騷九歌九章等篇自投汨羅死・三一、三二、三四、三八、六五、六七、八〇、八一、八二、一〇一、一二九

杭世駿　清仁和人字大宗號堇浦乾隆召試鴻博授編修以直言放歸詩文集曰道古堂集又作續方言等書・六三

叔孫通　漢薛人拜博士號稷嗣君官至太子太傅・六二

叔夜　三國魏譙郡人姓嵇名康好老莊之學與魏宗室婚拜中散大夫通音律彈琴詠詩與山濤阮籍阮咸王戎向秀劉伶稱竹林七賢後被讒死有嵇中散集・八一

枚乘　漢淮陰人景帝時拜宏農都尉作七發・三一

東坡　宋眉山人姓蘇名軾嘉祐中試禮部歐陽修擢置第二直史館以直言迕安石復以詩得罪貶黃州築室東坡自號東坡居士元祐中官至端明殿翰林學士再貶瓊州赦還卒諡文忠著書甚多有東坡全集易書傳論語說東坡樂府等・三八、三九、四四、六五、六六、六七、七四、七五、七六、八八、八九、九八、一一一、一二一

季路　春秋魯人卽仲由一字子路孔子弟子・一二〇

丘明　春秋魯人姓左爲魯太史述孔子之志作左氏春秋傳又作國語，六三

九畫

俞曲園　清德淸人名樾字蔭甫號曲園道光進士通經學著書甚多有春在堂全集・五六、七七

韋（應物）唐京兆人官至蘇州刺史爲詩閒遠人比之淵明稱陶韋有蘇州集・九八

十畫

馬融後漢茂陵人字季長博洽爲世通儒敎諸生常數千盧植鄭玄皆出其門有三傳同異說及諸經注・一五、一一六

馬瑞辰清桐城人字元伯嘉慶進士通經學有毛詩傳箋通釋・一二三

馬端臨宋樂平人字貴與咸淳中漕試第一著文獻通攷・一二八

馬援後漢茂陵人字文淵建武中拜伏波將軍平交阯封新息侯卒諡忠成・五三

馬遷漢夏陽人姓司馬字子長繼父任爲太史令以言李陵事受腐刑著史記百三十篇世或省稱馬遷・一六、八〇、八二、一二九、一三〇

孫綽晉中都人字興公居會稽作遂初賦以見志又有天台山賦・二九

孫（武）春秋齊人爲吳將有兵法十三篇・三一

孫炎三國魏樂安人受學鄭玄之門稱東州大儒作周易春秋例注詩禮三傳國語爾雅・表

孫愐唐天寶中官陳州法官重刊隋陸法言切韻增字爲唐韻今佚・表

徐（幹）三國魏北海人字偉長官至五官將文學與孔融應瑒劉楨王粲陳琳阮瑀號建安七子著中論・一三三

徐（陵）陳郯人字孝穆八歲能屬文官至散騎常侍爲文頗變舊體與庾信齊名世稱徐庾體有孝穆集及所集玉臺新詠・三二、三八、八一、一二八

徐師曾　明吳江人字伯魯十二歲能詩古文嘉靖進士有文體明辨大明文鈔等書●三九

徐鉉　宋會稽人字鼎臣仕南唐至吏部尚書歸宋累官散騎常侍精小學受詔校說文續編文苑英華有騎省集弟鍇字楚金亦有名江左世稱大小徐●五三、表

唐勒　戰國楚大夫工辭賦●一二九

晁以道　宋清豐人名說之慕司馬光之爲人自號景迂元豐進士終徽猷閣待制工詩善畫有景迂生集●六五

荀勖　晉潁陰人仕魏累官侍中入晉封濟北公官至尚書令卒謚成●一五、二八、

荀(況)　戰國趙人游學於齊仕楚爲蘭陵令著書數萬言其學以儒爲宗時人尊之爲荀卿●三、二一、三四、九五、

荀悅　後漢潁陰人字仲豫累官至侍中不見用乃作申鑒復撰漢紀三十篇●八一

班固　後漢安陵人字孟堅九歲能文明帝以爲郎典校秘書續父彪所著漢書二十年乃成●二八、三二、三七、八一、八二

倉頡　黃帝左史亦作蒼頡制字以代結繩●四六、四九、五三

眞西山　宋浦城人名德秀字景元慶元進士理宗拜參知政事卒謚文忠學者稱西山先生其學宗朱子有文章正宗西山甲乙稿西山文集等書●一六、九五、九六、一二六

郎瑛　明仁和人字仁寶有七修類稿●四〇

桓　未詳●二九

十一畫

梁昭明太子　武帝長子名統字德施博學工文年三十一而卒諡昭明有文集及文章英華等書又撰文選三十卷・二七、二八、二九

梁簡文帝　武帝第三子名綱字世纘六歲能屬文爲詩尙輕豔號宮體著書甚多共六百五十九卷・三七

梁章鉅　清福建長樂人字閎中又字茝林嘉慶進士官至江蘇巡撫著書有論語孟子三國志旁證等七十餘種・三七

章實齋　清會稽人名學誠乾隆進士深於史學有文史通義校讎通義等書・三〇、三一、三二、三三、三四、一二一、一二二、一三〇

章子厚　宋浦城人名惇嘉祐進士善屬文後貶死・三四

梅伯言　清上元人名曾亮爲古文紹姚鼐之傳詩亦清妙有柏梘山房文集・二八

梅聖俞　宋宣城人名堯臣工詩有宛陵集・七九

郭忠恕　宋洛陽人字恕先七歲能文尤工篆籀所著有汗簡佩觿二種・六五

郭祥正　宋當塗人字功父舉進士有靑山集・八九

凌霞　清歸安人字子與有天隱堂詩集・五三

陰時夫　元奉新人名幼遇與兄中夫同中九經童科同撰韻府羣玉・表

莊（周）　戰國楚蒙人嘗爲蒙漆園吏著書十餘萬言唐天寶初詔號爲南華眞經・一九、三〇、三一、三三、三四、八〇、八四、一〇一、一〇八、一一〇、一一六、一二七、一二八、一二九、一三三

許詢　晉人字元度性好山水工文辭・二九

許叔重　後漢召陵人名愼官至太尉南閣祭酒著說文解字十四篇・四五、三三、六一、表、

陳瓘　宋沙縣人字瑩中號了翁累迁朝貴貶死楚州謚忠肅有了翁易說尊堯集・三〇

陳(琳)　三國魏廣陵人字孔璋與王粲等俱稱建安七子・九、三一

陳子昂　唐射洪人字伯玉第進士官至右拾遺文章能變徐庾之風有陳拾遺集・三八

陳澧　清番禺人字蘭甫所著書有漢儒通義聲律考說文聲統東塾讀書記等・四七

陳第　明連江人字季立號一齋工詩有毛詩古音考屈宋古音義及一齋集・表

陳善　宋人字敬甫有捫蝨新話・八八

陳陶　南唐劍浦人工詩兼通釋老・一〇〇

陳繼儒　明松江人字仲醇號眉公詩文善書畫有眉公全集・一〇一

陸士衡　晉吳人名機在吳爲世族吳亡入洛與弟雲俱有名時稱二俊官至河北大都督有平原集・八
三四、七六、八一

陸倕　梁吳郡人字佐公善屬文累官太常卿・三七

陸厥　南齊人字韓卿嘗與沈約論四聲有文集・六五

陸德明　唐吳縣人字元朗歷事隋唐高祖時爲國子博士封吳縣男著有經典釋文・五二

十二畫

湘東王兄弟見梁元帝梁昭明太子梁簡文帝三條・三七、

朝雲宋錢塘人姓王氏東坡官錢塘納爲常侍・七四、

曾文正清湘鄉人名國藩字滌生道光進士平粤匪功第一封毅勇侯以大學士任兩江總督卒謚文正有曾文正全集・七二八、三二、三三、六六、八〇、八二、九七、九八

曾子春秋魯人名參字子輿孔子弟子述大學作孝經以其學傳子思・一五

曾子固宋南豐人名鞏嘉祐進士爲文原本六經官至中書舍人卒追謚文定學者稱南豐先生有元豐類稿・八八

曾雲巢宋臨江人名三異號雲巢先生・一〇三

項氏宋括蒼人名安世字平父淳熙進士有易玩辭項氏家說・三四

程正伯宋眉山人名垓有書舟詞・四〇

程子宋洛陽人兄顥字伯淳世稱明道先生卒謚純公有程子遺書弟頤字正叔世稱伊先生卒謚正公後世謂之程夫子・四七、九五、九六、一二六

程邈秦下杜人爲獄吏作隸書・六三

黃山谷宋分寧人名庭堅字魯直號山谷道人又號涪翁舉進士迕朝貴貶宜州卒私謚文節先生與張耒秦觀晁補之游東坡門稱蘇門四學士有山谷內外集・三四、四〇、七八、八八、八九、九〇、一一一、一一二

賀裳清丹陽人字黃公著史折又有紅牙詞皺水軒詞筌・一〇三

十三畫

嗣宗三國魏尉氏人名籍性好莊老尤耽飲作咏懷詩八十餘篇又著達生論大人先生傳•八一

十四畫

僧守温　唐高僧通音韻學•表

趙伯驌　宋宗室字希遠仕至和州防禦使工畫山水花木•四四

趙撝叔　清會稽人名之謙號益甫工書畫篆刻有梅盦集緝雅堂詩話等書•五三

管(仲)　春秋齊潁上人名夷吾一作敬仲相桓公霸諸侯有管子八十六篇•三一

翟云升　清掖縣人字文泉道光進士工隸書有五經歲編齋集•六四

遠公晉高僧名慧遠本樓煩賈氏子博綜六經尤善莊老從道安學立社於廬山•一二八

十五畫

墨子戰國魯人名翟仕宋爲大夫以兼愛尙同教人有墨子十五卷多出其門人之手•一三、三一、一一九、一二〇、一二六

黎簡正　待考•一八

歐陽永叔　宋廬陵人字永叔舉進士嘉祐間拜參知政事卒諡文忠爲文宗昌黎有新唐書新五代史文忠集六一詩話歸田錄等書•一八、二三、三八、四〇、八三、一一一、一一二

歐陽生　唐泉州晉江人名詹字行周有集十卷•一七

二〇

摯虞晉長安人字仲治舉賢良官至太常卿有三輔決錄文章志文章流別集·一五、二七

鄭玄後漢高密人字康成建安中拜大司農著書凡百餘萬言今存毛詩箋周禮儀禮禮記注後人稱鄭衆為先鄭玄為後鄭皆為經學家之大師·一四、五二

鄭樵宋莆田人字漁仲官至樞密院編修居夾漈山學者稱夾漈先生著通志·二八、五〇

鄭谷唐宜春人字守愚光啓進士官至都官郎中人稱鄭都官以鷓鴣詩得名又稱鄭鷓鴣有雲臺編宜陽集·八九

蔡邕後漢圉人字伯喈工辭章解音律熹平中與楊賜奏定六經文字書碑立太學門外官至左中郎將有蔡中郎集獨斷·表

劉勰梁東莞人字彥和官步兵校尉昭明太子深愛之有文集又撰文心雕龍論古今文章體製得失極精·一五、一八、一九、二七、三二、三八、七一、七七、八三、八四、八五、一〇三、一二七、一三〇、一三一

劉海峯清桐城人名大櫆字才甫號海峯工古文尤喜莊子與鄉人方苞姚鼐稱桐城派有海峯文集·一八

劉歆漢沛人向之子字子駿後名秀字穎叔集六藝羣書種別為七略·二七、二八、二九、一三一

劉(楨)三國魏東平人字公幹建安七子之一·三二、八一

劉淵宋平水人修禮部韻略併同用各韻為百七部世稱平水韻·表

劉熙漢北海人字成國著釋名二十篇·六二

劉球明安福人字求樂永樂進士以迕王振被殺謚忠愍有兩溪文集隸韻·六四

十六畫

十七畫

顏之推 北齊臨沂人字介仕齊爲平原太守入周爲御史上士隋開皇中太子召爲博士有文集家訓等書・三二、七六

顏延之 南朝宋臨沂人字延年與謝謝運齊名江左稱顏謝官至金紫光祿大夫卒諡憲有集・八二、一二八

魏文帝 曹操長子名丕字子桓初封魏王篡漢自立性好文學有典論及詩賦百餘篇・一五

魏三祖 曹操字孟德曹丕字子桓曹植字子建皆能文世稱三祖一曰三曹・一二七

十九畫

關尹 戰國秦人爲函谷關尹姓尹名喜著書曰關尹子・三〇

羅願 宋歙人字端良號存齋乾道進士有爾雅翼鄂州小集・六二

二十畫

嚴羽 宋邵武人字儀卿一字丹邱自號滄浪逋客有滄浪詩集滄浪詩話・四二、九八、九九

蘇（秦） 戰國洛陽人字季子習縱橫之說以合縱之策干諸侯並相六國趙封爲武安君・三一、三三

蘇綽 北周武功人字令綽佐宇文泰爲度支尚書兼司農卿・三七

蘇子由 宋眉山人軾弟名轍與軾同登進士科累官尚書右丞以直諫貶岳州晚年卜居許號穎濱遺老卒諡文定有詩傳春秋傳欒城集等書・一二五

釋惠洪 宋僧本豐彭氏子名覺範工詩有集名石門文字禪又著冷齋夜話・八八

蘭芝漢焦仲卿妻名・一〇一

二十一畫

顧亭林 清江南崑山人初名絳改名炎武明亡不仕著述甚富有日知錄音學五書亭林詩文集等數十種・一八、五五、表、一二六

顧野王 陳吳人字希馮仕陳至黃門侍郎光祿卿有玉篇續洞冥記輿地志文集等書・表

顧藹吉 清吳縣人字畹先又字天山號南原工山水篆隸有隸辨・六四

顧況唐蘇州人字逋翁至德進士工詩善畫結廬茅山自號華陽真逸有華陽集・八九

外國人名彙考

Arnold, Matthew. English poet and essaylist.(1822—1888.)8,9,69,94,95,102

Calkins, Mary Whiton. Professor of philosophy and psychology in Wellesley College. 10.

Carnot, Nicolas Leonard Sadi. French physicist.(1796—1832.)5.

De Quincey, Thomas. English author.(1785—1859.)7.

Dickens, Charlers. English novelist.(1812—1870.)74.

Haeckel, Ernst Heinrich. German biologist.(1834—)10.

Hegel, Georg Wilhem Friedrich. German philosopher.(1770—1831.)19,45.

Joule, James Prescott. English physicist.(1818—1889.)5.

Moulton, Richard Green. Professor of literary theory and interpretation in the University Chicago. 22,23,24,25,26,87,102,115.

Pater. Walter, English criticist.(1839—1894.)13.

Plato. Greek philosopher.(B.C.427—347.)45.

Rumford, Benjamin Thompson, Count. American physicist.(1753—1814.)5.

Schiller, Von Johaun Chritoph Eriedrich. German poet.(1759-1805)11.

Shakespeare, William Engiish poet and Dramatist.(1564—1616.)103.

Thackeray, William Makepeace. English novelist.(1811—1863.)74.

Wade, Thom.sa 駐華英公使著有語言自邇集.50.

Wordsworth, William. English poet.(1770=1850.)94.

引用篇籍備檢

一、備檢篇籍以論中引用者爲限。

二、以首一字筆畫分次第列葉數於下方復見者複列之。

三、凡篇之屬一書者列書名於前而篇名從之東西篇籍列譯名。

四、表中所引注表字。

引用篇籍備檢

九畫

十畫

十四畫

引用篇籍備檢

十五畫

二十一畫